어 느 시 인 이 야 기

어른을 위한 동화

어느 시인 이야기

김재진 글 | 김연해 그림

책만드는집

머리말

별, 넌 지금 어디 있니?
지금 난 내 아이들을 위해 이 글을 쓴다.
아이들이 자라고 문득 지난 날
나와 함께 가던 자전거 길을 떠올리게 될 때
이 책을 읽게 되리.

이미 녹슬어 버려야 될지도 모를 자전거의
더 이상 반짝거리지 않을 바퀴살을 손질하며
아이들은 아마 내 생각에 눈물짓겠지.
나 역시 그랬지 않은가.
내 아버지를 생각하면 언제나 눈시울 젖어왔다.
더없이 소중한 내 아이들과 별,
우리의 아름답던 그 시절 앞에
이 책을 펼쳐놓고 싶다.

차 례

가르쳐주지 않은 이름

가르쳐주지 않은 이름

잠자리의 몸은 텅 비어 있습니다.

내 마음도 따라 비어 있는 날

하늘을 맴도는 잠자리 몸은

가볍디가벼운 당신을 닮았습니다.

이름 없는 어느 시인이 남긴 메모입니다.
어쩌면 메모가 아니라 시의 일부인지도 모릅니다.
지금 그 시인이 어디서 무얼 하고 있는지는 모릅니다.

이름 없다는 말 그대로 그는 누구에게도 이름을 가르쳐 주지 않았기 때문입니다. 시인지 메모인지 알 수 없는 몇 줄의 글만 남겼을 뿐, 그가 아직도 시를 쓰고 있는지, 아니면 시라는 걸 까맣게 잊어버렸는지 아는 사람은 아무도 없습니다.

흙 길이 어느새 아스팔트로 포장되고, 음식점과 수많은 카페들이 들어서고, 그가 생각에 잠겨 앉아 있던 그곳도 이제는 많이 변했습니다.

먼 옛날엔 신의주까지 닿던 철로가 놓여 있는 곳.

경의선 열차가 채 문산에 이르기 전, 백마라는 간이역을 지납니다. 거기서 내려 자전거 도로를 따라 조금 더 일산 쪽으로 올라가면 이름 없는 그 시인이 앉아 있던 나무의자가 나옵니다. 푸른 잔디가 보기 좋게 깔려 있고, 잘 자란 살구나무나 단풍나무가 계절에 맞춰 옷을 바꿔 입는 길가의 공원이 그곳이죠. 거기서 시인은 한 마리 잠자리를 만났습니다.

사각사각사각

사각사각사각

찌는 듯이 덥던 여름이 가고
　　　가을이 깊어갈 무렵이었습니다.
　　나뭇가지 끝에 앉아 졸고 있던 푸른잠자리는
　　하늘을 찢는 폭음에 놀라 땅바닥으로 곤두박질치고 맙니다.
"으, 으……."
가시에 찢긴 날개를 떨며 잠자리는 하늘을 쳐다봅니다.
난데없는 헬리콥터들이 떼 지어 날아가고 있습니다.

"저건 아니야!"

아픔을 견디느라 얼굴을 찡그리면서도 푸른잠자리는 세차게 고개를 내젓습니다. 꿈속에서 봤던 비행기가 아니란 말입니다. 꿈속에선 비행기를 따라가기 위해 죽을힘을 다하다가 그만 바닥으로 곤두박질쳤습니다. 비행기처럼 고도를 높이다가 숨이 가빠 바닥으로 곤두박질친 게 한두 번이 아닙니다.

"저런 헬리콥터 때문에 이러는 건 아니야."

중얼거리며 잠자리는 다시 먼 하늘을 쳐다봅니다. 헬리콥터가 사라진 하늘 반대편으론 은빛 비행기가 유유히 날아가고 있습니다.

"저거야, 저거! 은빛 날개를 가진 저 비행기……."

부러운 듯 쳐다보던 잠자리는 이내 고개를 떨구고 맙니다. 도저히 비행기를 따라갈 수 없다는 절망감이 가슴 한쪽을 찢어놓기 때문입니다.

푸른잠자리는 심한 열등감에 시달리고 있습니다. 밤낮을 잊고 비행연습을 했지만, 결과는 언제나 참담할 뿐. 허탈감 때문에 이젠 날개조차 가누기 힘듭니다. 물먹은 솜처럼 외로움이 가슴을 적셔놓습니다.

─사각사각사각.

　찢긴 날개를 움직여 나뭇가지 위로 올라가는 순간 웬 소리가 들려옵니다. 옷을 벗는 소리 같기도 하고, 갓 쌓이기 시작한 눈 위를 누군가 조심조심 걸어가는 것 같기도 한 소리.

　푸른잠자리는 그러나 눈 위를 걷는 소리를 정말 알고 있는 건 아닙니다. 언젠가 매미로부터 들은 이야기일 뿐. 오랜 동면의 경험이 있는 매미는 눈 위를 걷는 소리를 뽀드득뽀드득이 아니라 사각사각이라고 표현했습니다.

　"어디서 나는 소릴까? 무슨 소리지?"

　가지 위에 앉은 푸른잠자리는 조심조심 주위를 둘러봅니다.

　─사각사각사각 사각사각사각.

　좀 전보다 더 빠른 속도로 소리가 들려왔습니다. 몸을 세운 푸른잠자리는 호기심을 참지 못하고 푸르르 소리나는 쪽을 향해 날아가 봅니다.

　"사람이잖아. 뭘 하고 있지?"

　긴 나무의자에 한 남자가 앉아 있습니다. 고개를 숙인 남자는 무릎 위에 노트를 펴놓고 뭔가를 열심히 쓰고 있는 중입니다.

"아, 저 소리였구나."

마침내 알아내었다는 듯 푸른잠자리는 날개를 흔들어봅니다.

남자의 손엔 연필이 쥐어져 있습니다. 닳을 대로 닳아 난쟁이처럼 보이는 몽당연필. 볼펜대에 끼워져 있는 그 연필이 마치 눈길을 걷는 발소리처럼 사각거리고 있습니다.

남자의 손가락을 따라 느려졌다가 빨라졌다가 하며 소릴 내고 있는 연필을 보며 잠자리는 고개를 갸우뚱거립니다.

"그런데 뭘 하고 있는 거지?"

소리나는 곳을 알아내긴 했지만, 뭘 하고 있는 건지 푸른잠자리는 도대체 알 수가 없습니다. 한 번도 글쓰는 모습을 본 적이 없기 때문입니다.

"아저씨, 뭘 하고 있는 거예요? 그건 무슨 놀이예요, 도대체?"

푸른잠자리가 알고 있는 건 놀이뿐이었습니다. 인간들이 즐기는 건 그저 놀이뿐이라니까. 인간들이 하는 그 놀이가 때로 잠자리들에겐 생명을 위협하는 위험한 일인데도 말이야……

푸른잠자리는 자기를 쫓아오던 아이들을 떠올립니다. 여

름 내내 그들에게 시달렸기 때문입니다. 장대 끝에 망을 달아 휘휘 내저으며 잠자리를 쫓아오던 아이들. 그들은 신나는 놀이를 하고 있는 중이었습니다.

그러나 잠자리들에게 그건 놀이가 아니라 목숨을 건 전쟁이었습니다. 일방적으로 쫓겨다니기만 하는 이상한 전쟁.

아이들과의 전쟁에서 진 잠자리들은 가차 없이 망에 채여 땅바닥으로 내동댕이쳐졌습니다. 작은 통 속에 갇히거나 때로는 아이들 손가락 사이에 끼여 버둥거리는 친구들을 보며 푸른잠자리는 더 높이, 더 높이 날아오를 수밖에 없었습니다.

"끔찍해. 그렇지만 아저씬 지금 장대가 없으니까 손가락에 쥐고 있는 그 작은 막대기로 날 잡을 순 없을 거야. 그렇죠, 아저씨?"

위험을 느끼면서도 푸른잠자리는 사람들에게 다가가 이야기를 나누고 싶어합니다. 한 번도 자신의 말을 알아들은 사람이 없었다는 걸 알면서도.

"그건 외롭기 때문이에요, 아저씨. 내가 인간에게 말을 거는 건 외롭기 때문이란 말이에요."

그때였습니다. 갑자기 남자가 숙였던 고개를 들었습니다.

"응? 누구야? 누가 말을 하고 있는 거지?"

부드러운 목소리였습니다. 지금까지 푸른잠자리는 그렇게 부드러운 인간의 목소리를 들어본 적이 없었습니다. 잠자리를 쫓아오며 질러대는 아이들의 고함소리나 아니면 물건을 사라고 **빽빽**대는 장사치들의 마이크 소리는 결코 부드러운 소리가 아닙니다.

"내 소리가 들려요? 아저씨, 정말 내 말이 들려요?"

깜짝 놀란 푸른잠자리는 날개를 움직여 더 가깝게 다가갑니다.

"아니, 넌? 넌 잠자리가 아니니?"

"맞아요, 아저씨. 난 잠자리예요, 푸른잠자리."

잠자리는 이제 남자의 어깨 위로 내려앉습니다. 자신의 말을 알아듣는 인간이 있다는 사실에 위험 따위를 생각할 겨를도 없습니다.

"어떻게? 아저씬 어떻게 제 말을 알아들을 수 있나요?"

"네가 진심으로 말을 걸고 싶어했으니까. 마음으로 하는 말은 상대를 움직이잖아. 네 마음이 하는 말이 내게 들려왔어."

"아저씬 특별한 능력을 가진 사람이군요?"

"그건 아니란다. 보다시피 난 이렇게 조그맣고 못생긴 남자일 뿐이잖아."

"그렇지만 아저씨……."

"그래, 네가 하는 말을 모르는 건 아니야. 마음이 하는 말을 누구나 이해할 수 있는 건 아니지. 그렇지만 그게 그렇게 어려운 일은 아니야. 마음이 하는 말을 이해하기 위해선 자신의 마음을 열어놓기만 하면 돼."

푸른잠자리는 이제 남자가 펴놓은 노트 위로 날아가 앉습니다. 자기를 보기 위해 시선을 어깨 위로 삐딱하게 고정시키고 있는 남자가 불편할 것 같아서입니다.

"그래, 그렇게 말이야. 네가 나를 배려해 이렇게 노트 위에 내려와 앉는 것처럼……."

"그건 또 무슨 뜻이에요?"

"마음이 열린다는 건 상대를 신뢰한다는 말이지."

"그렇군요. 그러고 보니 제가 아저씨를 신뢰하고 있군요."

가느다란 잠자리 발가락이 노트 위에서 꼼지락거립니다. 노트 속에는 까만 글씨들이 촘촘히 찍혀 있습니다. 푸른잠자리는 글씨가 제 발자국인 줄 알고 깜짝 놀랍니다.

"그런데 아저씬 지금 뭘 하고 있나요? 그리고 발자국처럼 저를 따라오는 것, 이건 뭐죠?"

"이거? 이건 글씨. 지금 난 글을 쓰는 중이고."

"글?"

"그래. 말이 아닌 다른 걸로 마음을 드러내는 일."

"마음을 드러낸다구요? 제 발자국 닮은 이걸루요?"

푸른잠자리는 이해할 수가 없었습니다. 글이라니? 발자국으로 마음을 드러낼 수 있다니?

그러나 그 문제는 일단 뒤로 미루기로 했습니다. 단번에 모든 걸 다 알 수는 없는 법이니까요. 그것보다 지금 푸른잠자리는 자신의 말을 알아듣는 인간이 있다는 사실이 가슴 벅찰 뿐입니다.

"그런데 넌 외롭다고 하지 않았니?"

"네. 그래요 아저씨. 난 지금 외로워요."

바로 그것이었습니다. 푸른잠자리의 심중을 꿰뚫어보는 그는 정말 마음이 열려 있는 모양입니다. 마음이 통하는 사람이 있다는 기쁨에 푸른 잠자리는 비행기에 대한 열등의식도 잊어버린 채 빙빙 하늘 높이 날아오릅니다.

어떤 외로움

어떤 외로움

외로움을 느낀 건 어제오늘 일은 아닙니다.
그러나 지금 푸른잠자리가 느끼는 외로움엔 이유가 있습니다.
가을이 깊어가기 때문에 그런 것이라 말하는 이도 있습니다.
그것 역시 틀린 말은 아닙니다.

엊그제까지 함께 날아다니던 친구들이
하나 둘, 사라진 자리에 빨갛게 물든 몸을 가진
잠자리가 하나씩 늘어나는 것도 사실입니다.

한때 외로움을 잊기 위해 바쁜 척 날아다녔던 적이 있습니다. 외로움 따윈 관심도 없다는 듯 바쁘게 쏘다니는 인간들이 부러웠기 때문이죠.

"바쁜 건 좋은 거야. 난 사람들을 이해할 수 있어. 바빠야 외롭지 않거든."

그런 말을 한 건 기차였습니다. 늘 사람들과 함께 있어서 그런지 기차는 누구보다 인간의 마음을 잘 이해한다는 자부심을 가지고 있었습니다.

"사람들 중에서도 남자가 더 그래. 안 그런 척하지만 사실은 남자들이 가장 참기 힘들어하는 게 외로움이거든. 여자들보다 남자들이 더 바쁜 것만 봐도 알 수 있지. 지난번엔 어떤 술 취한 대학생 녀석이 이런 글을 내 몸뚱아리에다 써두고 갔던 적도 있어. '가을 남자는 방황하고 가을 여자는 어머니이다.' 난 내 몸에 낙서를 하는 게 질색이지만 그 글은 왠지 싫지 않더군."

처음 들었던 기차의 음성입니다. 그동안 너무 빠른 속도로 지나가는 바람에 기차는 꽥, 하는 고함소리 외에 다른 말을 할 여유가 없었습니다.

"바빠야 외롭지 않을 수 있다고?"

"그럼. 외로울 시간이 있어야 외롭지. 내가 알아야 할 시간이란 몇 시에 출발하고, 몇 시까지 다음 역에 도착해야 한다는 것밖엔 없어. 바쁘기 때문이야. 바쁘면 아무 생각도 없어지는 거야. 그러니 외로울 시간이 어디 있겠니?"

─바빠야 외롭지 않다!

그 말을 들은 푸른잠자리는 그때부터 바쁘게 날아다니기 시작했습니다. 외로운 것보단 바쁜 것이 견디기 쉬울 것 같다는 생각 때문이었습니다.

"푸른잠자리야, 도대체 넌 왜 그렇게 정신없이 날아다니니?"

바쁘게 이쪽저쪽을 날아다니던 푸른잠자리에게 말을 걸어온 건 까치였습니다. 그날 따라 까치는 푸르르 하늘 위를 날아오르거나 종종걸음 치며 걷지도 않고 가만히 나무 꼭대기에 앉아 하늘만 바라보고 있었습니다.

"바빠야 좋으니까요."

"바빠야 좋다니? 그건 무슨 말이니?"

"바쁘면 외로움을 느낄 틈이 없잖아요."

"외로움?"

뭔가 신기한 것을 발견했다는 듯 까치는 고개를 한 번 갸우뚱거려봅니다.

"까치 아줌만 외로움을 느낀 적이 없으세요?"

"글쎄. 우린 외로움 같은 걸 느낄 필요가 없거든."

"왜요?"

"깍깍거리고 다니기만 해도 외롭지 않은 걸. 모두가 날 반겨주는데 뭐. 나처럼 보람있는 일을 하면 외롭지 않아."

"보람?"

처음 듣는 말이었습니다.

보람있는 일을 하면 외롭지 않다? 바쁘게 날아다니느라 지쳐 있던 잠자리는 솔깃한 표정으로 까치를 봅니다.

"그럼 보람있는 일은 어떻게 하는 건데요?"

"어려운 건 아냐. 아침마다 사람들의 집 근처로 날아가 깍깍거리고 울기만 하면 되지. 우리 울음을 들은 사람들은 누구나 창문을 열고 기뻐하니까. 반가운 손님이 오실 거라며 말이야. 거기서 우린 보람을 느끼는 거지. 하루 종일 가슴이 뿌듯해. 그게 우리 일과야. 외로울 필요가 없지 보람을 느끼게 되면."

비로드처럼 까만 연미복을 걸친 까치는 속에 흰 와이셔츠를 받쳐입었는지 드러난 배 쪽이 하얗습니다. 자신이 보람 있는 일을 하고 있다는 자부심 때문에 으쓱대는 까치를 푸른잠자리는 부러운 눈길로 쳐다봤습니다.

"그렇지만 전 깍깍거리며 울 수가 없는 걸요?"

"그거야 당연하지. 넌 잠자리지 까치가 아니니까. 깍깍거리며 울 수 있는 생명체는 이 세상에 나밖엔 없어."

까치는 점점 더 자신에 대한 만족감으로 으스댑니다. 누구나 그렇게 제 잘난 맛에 살기 마련입니다. 어려움을 겪기 전엔 누구나 고개 숙일 줄 모르니까요. 이제 막 고개를 숙이는 벼 역시 한여름의 뜨거운 햇살과 긴 장마의 어려움을 겪고 나서야 비로소 겸손을 알게 된 것입니다.

"그럼 어떻게 해야 전 보람있는 일을 할 수 있을까요?"

푸른잠자리는 간절히 까치의 도움을 구해 봅니다. 몸이 견디기 힘들 정도로 바쁘지 않고서도 외로움에서 벗어나고 싶었던 것입니다.

"그건 말이야. 그러니까 결국 그건……, 네 나름대로의 방법을 구해 보는 수밖에 없겠구나. 네가 할 수 있는 일 중에서 말이야. 예컨대……."

좋은 아이디어를 찾아내려고 연신 갸우뚱거리던 까치가

고개를 바로 세운 건 한참 뒤였습니다.

"그래, 그래. 네가 할 수 있는 좋은 일이 생각났어. 그게 참 좋겠구나. 좋은 생각이야."

날개를 활짝 펴며 까치가 손뼉을 칩니다. 자신에 대한 자부심 때문에 조금 잘난 체를 할 망정 까치는 고약한 마음씨를 가진 새는 아닌가 봅니다.

"그러니까 말이야. 네가 할 수 있는 보람있는 일이란 그러니까……."

"뭔데요, 까치 아줌마?"

"넌 날개가 있으니까. 쉽게 이쪽에서 저쪽으로 옮겨갈 수 있거든. 거기다 몸도 가벼우니 꽃 위에 앉을 수도 있고."

"?"

"꽃들의 편지를 날라주는 일을 하면 되겠어. 매일매일 쓰기만 할 뿐 꽃들은 그걸 전할 방법이 없거든."

"꽃들의 우체부가 되라는 말인가요?"

"그래, 얼마나 신나는 일이니? 꽃들의 예쁜 얼굴 위에 앉기도 하고 또 향기도 맡고. 하고 싶어도 난 몸이 무거워 도저히 그럴 수가 없어."

그렇지 않아도 무수히

가을꽃들이 피고 있습니다.

여기저기서

피어나는 꽃들은

땅 속에 박힌 뿌리에 붙들려

가엾게도

나들이 같은 건

생각도 못할 일입니다.

"아, 그렇군요. 그것 참 좋은 생각이군요. 정말 신나는 일이 될 거예요. 그런 일이라면 얼마든지 할 수 있어요."

신이 난 푸른잠자리는 어쩔 줄 모르고 뱅뱅 돌며 허공을 날아오릅니다. 이제야 할 일을 찾았다는 기쁨으로 날개를 가만 둘 수 없기 때문입니다.

"신나요. 아, 신나!"

"그렇지만 푸른잠자리야. 아무리 좋은 일이더라도 너무 과하게 하진 마라. 나처럼 하루에 한 번씩 아침시간에만 한 다거나, 그렇게 규칙적인 생활을 하는 게 좋아. 내가 시도 때도 없이 사람들 창가에 가서 깍깍거린다고 생각해 봐. 이내 시끄럽다고 쫓겨나지. 인간이란 싫증을 잘 내는 동물이거든."

"그럼 어떻게 해요?"

"적당히 여유를 두란 말이지. 그래야 오래 할 수 있거든. 그러기 위해선 너 스스로 사색할 시간도 필요하단다. 나처럼 말이야. 지금 난 저기 저 감나무를 보며 미래에 대한 사색을 하고 있는 중이란다."

"미래?"

"저 감들이 빨갛게 익길 기다리는 거지. 잎이 다 떨어지고

나면 사람들은 익은 감을 따기 위해 나무에 올라간단다. 그 순간을 기다리며 사색에 잠기는 거야. 잎이 떨어지고 남은 빈 공간에 내 기다림을 채워놓을 생각이야. 마음에 여백을 주는 일이지. 행복이란 바로 그런 것이란다. 마음의 여백을 갖는 일. 다가올 즐거운 순간을 기다리는 마음의 여백이 바로 행복이지. 행복이란 결국 기다림의 다른 말이야. 그런 기다림을 위해 사람들은 내가 먹을 홍시를 꼭 남겨두거든. 까치밥이라는 이름으로. 그게 다 내 울음에 대한 보답이지. 홍시 하나도 세상엔 거저 생기는 법이 없어."

철길 건너 서 있는 감나무를 까치는 흐뭇한 표정으로 가리킵니다. 새로운 건물들이 들어서고 있는 길 건너 풍경은 하루가 다르게 바뀌어가고 있습니다.

"저렇게 자꾸 건물들이 들어서면 우린 모두 갈 곳이 없어지게 돼. 해마다 주렁주렁 감이 열리는 감나무도 느닷없이 잘리게 될지 모르고."

갑자기 근심 어린 표정을 짓던 까치는 톡, 떨어지듯 나무에서 내려와 철길 쪽으로 종종걸음을 칩니다.

"이제 갈게. 꽃들의 우체부 노릇을 잘해 봐. 그리고 감나무가 잘려나가지 않도록 기도해 줘. 감나무가 잘려나가면 난 울고 말 거야. 해마다 난 맛있는 홍시를 먹고 싶거든……."

꽃들의 편지

꽃들의 편지

"보람있는 일을 하면 외롭지 않다?
그것 참 좋은 말이구나.
그래서 까치가 시키는 대로 꽃들의 편지를
전해 주는 일을 했니?"
손가락 사이에 있는 연필을 빙그르르 돌리며
남자가 묻습니다.
푸른잠자리는 그러나 멀찌감치 떨어진 나뭇가지에 앉아
눈치만 살필 뿐입니다.

아이 때문이었습니다.

오늘 남자는 갑자기 웬 여자아이를 데리고 나온 것입니다. 두려움에 찬 표정으로 잠자리는 자꾸 아이 손을 살피기만 합니다. 어디다 잠자리채를 숨기고 있는 건 아닌지?

"훌륭한 우체부가 생겨 꽃들이 좋아했겠구나?"

속도 모르고 남자는 자꾸 말을 걸어옵니다. 입을 꼭 다문 채 뭔가를 쓰고 있을 뿐 아이는 잠자리채를 가지고 있는 것 같진 않습니다. 하긴 여자아이들이 덜하긴 합니다. 시끄럽게 소리를 지르며 잠자리 떼를 쫓아다니는 건 대부분 사내아이들입니다.

"푸른잠자리야, 왜 대답이 없니? 네가 전해 주는 편지를 꽃들이 좋아하지 않았니?"

"아니요. 좋아했고 말고요."

순간 푸른잠자리는 눈물이 핑 돕니다. 얼마 지난 것도 아닌데 왠지 모든 것이 아득하게만 느껴집니다.

ㅡ푸른잠자리 씨, 당신은 우리에게 정말 필요한 분이에요. 당신이 오기 전에 우린 서쪽에 있는 친구의 소식을 알려면 서풍이 불도록 기다려야 했고, 동쪽에 있는 친구의 소식을 알기 위해선 동풍이 불 때까지 기다릴 수밖엔 없었어요.

꽃들은 그렇게 이구동성으로 잠자리를 반겼습니다.

푸른잠자리가 오기 전까지 꽃들이 전혀 편지를 전하지 못했던 건 아닙니다. 까치가 몰랐던 일이지만 꽃들도 나름대로 향기를 통해 자신의 마음을 전하고 있었습니다.

발이 있는 것도 아닌 향기를 그럼 꽃들은 어떻게 보낼 수 있었을까요?

푸른잠자리가 나서기 전까지 우체부 역 할을 했던 건 바람이었습니다.

그렇지만 바람의 역할이란 한계가 있습니다. 향기는 세찬 바람을 싫어하니까요. 향기는 또 멀리 떨어진 곳까지 갈 수 있을 만큼 몸이 튼튼한 것도 아닙니다. 때로 백 리 밖까지 향기를 전한다 해서 백리향이라 이름 붙은 꽃이 없는 것은 아닙니다만, 다치지 않게 향기를 실어 나를 수 있는 바람은 기껏 미풍밖에 없습니다.

"그러니까 푸른잠자리 씨, 당신은 우리에게 없어선 안 될 분이에요. 우리한테 당신은 장거리 전화 같은 존재예요. 당신이 없을 때 우린 기껏 몇 미터 앞까지밖에 통화되지 않는 전화를 가진 것처럼 불편했어요. 당신은 정말 훌륭한 우체부예요."

꽃들의 찬사에

신바람이 난 푸른잠자리는

사색할 여유를 가지라던

까치의 충고도 잊어버린 채

밤낮으로

편지 배달하기에

정신이 없었습니다.

이유 없이 바빴던

예전과 달리

보람있는 일을 한다는 생각에

피곤한 줄도 몰랐습니다.

"그런데 왜 지금은 편지 배달을 그만 둔 거니?"

펴놓았던 노트를 접으며 남자가 물어옵니다. 잠자리가 하는 이야길 듣기 위해 남자는 쓰고 있던 글을 멈추고 있습니다.

"그건 그러니까, 그러니까……."

불쑥 오렌지코스모스 생각이 납니다. 숨어 있던 열등의식이 다시 가슴을 짓눌러옵니다. 피하고 싶은 화제인지 푸른잠자리는 말머리를 돌립니다.

"그, 그것보다 아저씬 뭘 그렇게 열심히 쓰시는 거죠?"

"이거?"

시선을 거둬들이며 시인이 다시 접어둔 노트를 향해 눈길을 줍니다.

"이건 시란다. 지금까지 난 시를 쓰고 있었단다."

"시?"

"그래. 화가가 물감을 사용해 그림을 그리듯 시인은 글을 통해 자신을 드러내는 거지."

"시인?"

"그래. 시를 쓰는 사람을 시인이라고 부른단다."

"아저씬 그럼 시인이군요?"

"그렇다고 할 수 있지. 누가 그렇게 불러주거나 아니거나 간에 난 나를 시인이라 생각하고 있단다. 이름이란 사실 중요한 게 아니거든."

"그건 또 무슨 말이에요?"

"이름이란 껍데기에 불과한 거란다. 시인이라고 불러주는 사람은 없어도 난 시인이 틀림없단 말이지. 봐, 이렇게 매일 시를 쓰는 것만 봐도 알 수 있잖니."

그건 그렇습니다. 시를 쓰는 사람을 시인이라 부르는 게 맞다면 남자는 누구보다 성실한 시인인 것이 틀림없습니다. 나날이 약해져 가는 햇살을 느끼며 푸른잠자리가 산 위를 몇 바퀴 돌고 올 때마다 남자는 언제나 처음의 그 긴 의자에 앉아 시라는 것을 쓰거나 아니면 골똘한 생각에 빠져 있었으니까요.

"그렇다면 아저씨. 나를 위해 시를 하나 써주세요. 내 마음을 드러낼 수 있는 시말이에요."

이제 아이에 대한 경계가 풀린 잠자리는 가까운 나뭇가지 위로 옮겨 앉습니다. 잠자리는 지금 공허한 자신의 마음을 위로받고 싶은 것입니다.

"너를 위한 시를 써달라고?"

"네."

시인의 눈길이 조용히 푸른잠자리를 어루만집니다. 불어오는 바람이 가볍게 나뭇가지를 흔들며 지나갑니다. 나뭇잎이 떨어지듯 푸른잠자리는 의자 위로 사뿐히 내려앉습니다.

"푸른잠자리야, 네 마음속엔 지금 슬픔이 들어 있구나."

"슬픔?"

"그래, 슬픔. 지금 네 마음에 가득 차 있는 그것. 이슬을 닮았으면서도 이슬보다 맑은 것. 아이들이 흘리는 눈물 같은 것 말이야. 투명한 것, 말끔히 속이 비어 있는 것만이 슬픔이라 불릴 자격이 있지."

그 순간 푸른잠자리는 금세 오렌지코스모스를 떠올립니다. 오렌지코스모스를 생각하는 자신의 마음이 바로 그런 것인지 모릅니다.

편지 배달을 그만 둔 것도 다 오렌지코스모스 때문입니다. 그녀를 생각하면 가슴 한 구석에 물방울이 맺히는 것 같습니다.

심한 열등감 때문에 괴로워하면서도 조금씩 키워보던 마음의 물방울. 이런 물방울이 바로 슬픔인가 봅니다.

오렌지코스모스

오렌지코스모스

푸른잠자리를 매료시킨
오렌지코스모스는
좀 특별한 꽃이었습니다.
그러나 알고 보면 세상에 특별한 존재란 없습니다.
관심과 애정을 받는 동안
누구나 특별한 존재가 되니까요.
누군가를 사랑하는 이들이 하는 특별하다는
말은 '사랑에 빠져 있다' 라는 말일 때가 많습니다.
채 날아가지 않은 이슬을 함초롬히 머금고 있는
그녀를 처음 본 순간 푸른잠자리는
자신이 삶의 중요한 경계에 와 있다는 사실을 깨달았습니다.
그때까지 알지 못했던 삶의 의미 하나를
순간적으로 깨닫게 된 것입니다.

―내게 주어진 삶을 소중하게 써야 한다!

왜 그런 말이 떠올랐는지 모릅니다. 누가
그런 말을 한 건지도 모릅니다. 오렌지코
스모스를 보는 순간 푸른잠자리의 마음속에
서 누군가 그렇게 소리를 질렀을 뿐입니다.

푸른잠자리에게 사랑이란 말을 처음 가르쳐줬던 이는 단
풍나무였습니다.

"난 네 마음을 알 수 있어. 지금 분홍코스모스한테 보내는
내 마음이 너와 같거든. 자꾸만 편지를 보내고 싶은 마음,
끊임없이 그녀의 향기에 취하고 싶은 마음, 생각하면 이유
없이 환해지거나 갑자기 땅 밑으로 곤두박질칠 것 같은 마
음, 그런 걸 사랑이라고 해."

단풍나무는 몇 발자국 앞에서 하늘거리고 있는 분홍코스
모스를 사랑하고 있었습니다. 눈앞에 있는 상대에게 편지
를 전하기 위해 단풍나무는 한시가 멀다 하고 푸른잠자리
를 부르곤 했습니다. 움직일 수도 없고 향기도 없는 그는 혼
자선 아무것도 전할 수 없었기 때문입니다.

그렇게 조바심하는 단풍나무를 푸른잠자리는 처음엔 이
해하기 힘들었습니다. 도대체 넘어지면 코 닿을 데 있는 상

대에게 왜 매일 편지를 보내야만 하는지?

그러나 이젠 상황이 달라졌습니다.

"이제야 너를 이해할 수 있을 것 같아. 코앞에 있는 분홍코스모스에게 왜 그렇게 끝없이 편질 보내야 했는지 말이야."

미안하다는 듯 푸른잠자리가 고개를 숙입니다. 갑자기 바뀐 잠자리를 본 단풍나무는 기다렸다는 듯 이야기 보따리를 풀어놓기 시작합니다. 사랑에 빠진 이들은 그렇게 수다스러워지는 모양입니다. 스스로의 이야기에 도취된 단풍나무는 시간 가는 줄도 모르고 따따거리기만 합니다.

처음 분홍코스모스를 발견한 순간부터 시작해 그녀의 마음을 얻기 위해 조바심하는 지금까지 숨 돌릴 틈도 없이 이야기에 열중하던 단풍나무가 푸른잠자리의 이야기를 들어주기 시작한 건 해가 뉘엿뉘엿 기울기 시작할 무렵이었습니다.

"그래, 이제 내 이야긴 다 끝났어. 지금부턴 네 사연을 들어보자꾸나."

호흡을 가다듬으며 푸른잠자리가 꿀꺽 침을 삼킵니다. 그 역시 지금의 마음을 누군가에게 간절히 털어놓고 싶기 때문입니다.

"오렌지코스모스를 보는 순간 난 왠지 내 삶이 소중하다는 생각을 하게 되었어."

그렇게 해서 푸른잠자리는 고스란히 자신의 마음을 단풍나무에게 털어놓았습니다.

"그게 바로 사랑이야. 사랑하는 일이야말로 더없이 값진 일이지. 넌 지금 사랑에 빠진 거야."

푸른잠자리의 말을 듣고 난 단풍나무는 단정적인 어조로 결론을 내립니다.

"사랑?"

"그래, 사랑! 사랑 말이야. 지금까지 느껴보지 못했던 행복을 넌 이제 오렌지코스모스를 통해 얻게 될 거야. 사랑만이 우릴 취하게 할 수 있어!"

정말 취하기라도 한 듯 단풍나무는 지나가는 바람에 우수수, 이파리를 날리며 가지까지 마구 흔들어댑니다.

사랑이라니? 아, 사랑에 빠진 거라니?

갑자기 심장이 쿵쿵거리며 북소리를 냅니다.

"사랑만이 우릴 행복하게 할 수 있어. 그렇지만 조심해. 언제나 사랑이 행복을 주는 건 아니니까. 때로 심한 안타까움에 빠지게 하는 것도 사랑이지. 나처럼 이렇게 시시각각 애태우면서 말이야."

단풍나무의 목소리가

갑자기 불안하게 흔들립니다.

흔들던 가지를 곧추세우고

그는 뚫어져라

분홍코스모스 쪽을 쳐다봅니다.

그런 단풍나무의 마음을 아는지 모르는지 분홍코스모스는 긴 목을 하늘거리며 바람과 이야기하고 있을 뿐입니다.

"안타까움이라니? 안타까움이 뭐지? 사랑을 하는데 왜 안타까워야 되는 거지?"

보다 못한 푸른잠자리가 툭, 단풍나무의 가지를 건드리며 주위를 환기시켜봅니다.

"단풍나무야, 정신차려 봐. 묻는 말에 대답 좀 하라니까."

"안타까움? 그, 그건 말이야. 그러니까…… 그건 사랑의 특성이기도 해."

"사랑의 특성?"

"그래. 누가 누구를 사랑한다는 말은 그 사람의 시간에 온몸을 담그는 거니까. 이 말은 어제 한 묶음 코스모스를 꺾어 가던 녀석이 했던 말이지만…… 정말 불한당 같은 녀석이었어. 하마터면 분홍 코스모스도 꺾일 뻔했으니까. 제 주제에 어울리지 않는 말을 하며 녀석은 꺾은 꽃을 여자에게 바쳤어."

"그 사람의 시간에 온몸을 담근다고?"

"그래. 사랑은 그런 거라고 생각해. 분홍코스모스의 모든 시간에 나를 담그는 것! 매 순간 순간 분홍코스모스의 생각

속에 나를 존재하도록 만드는 것! 그것 때문
에 조바심하는 거지. 한순간이라도 그녀가 나
를 잊지 않도록 하기 위해서 말이야."

"그것 때문에 조바심을 한다고?"

"그래. 남녀 간의 사랑이란 뚜껑 열린 향수와 같
은 거지. 지나가 버리고 나면 자취도 남지 않게 되
거든. 시간의 뚜껑이 열리지 않게 하기 위해 난 이렇게
안달하는 거야."

"그럼 난? 난 그럼 어떻게 해야 될까?"

"너도 마찬가지지. 오렌지코스모스의 순간 순간마다 네
존재가 비쳐지도록 해야 돼. 사랑하는 사람이 어느 순간 나
를 잊고 있다고 생각해 봐. 미칠 지경이지. 그런 걸 바로 안
타까움이라고 하는 거야. 네가 진정 오렌지코스모스를 사
랑한다면 이러고 있을 시간이 없어. 어서 그녀 곁으로 가는
게 좋아."

어서 오렌지코스모스에게 가보라며 단풍나무는 푸른잠
자리를 떠다밉니다. 어느새 곁에 있는 푸른잠자리조차 성
가시게 느껴지는 단풍나무의 마음은 오직 분홍코스모스를
향한 조바심으로 타 들어가고 있을 뿐입니다.

너 없으면 난

너 없으면 난

그날 이후 푸른잠자리 역시 한시도
오렌지코스모스 곁을 떠나지 않으려 노력했습니다.
그녀의 작은 눈빛 하나도 놓치지 않으려
신경을 곤두세우고 날아다닌 것입니다.

"도대체! 제발 나를 좀 자유롭게 내버려둬!"
그러나 푸른잠자리의 피나는 노력에 대한
오렌지코스모스의 반응은 뜻밖이었습니다.

자유롭게 내버려두라니?

기가 막힐 노릇이었습니다. 자기를 위해 얼마나 애썼는데, 자기를 행복하게 해주기 위해 얼마나 피나는 노력을 하고 있는 줄도 모르고…….

하늘이 갑자기 까맣게 타 들어가는 기분이었습니다.

어쩌면 이렇게 남의 마음을 몰라주는 건가. 어쩌면 이렇게 남의 정성을 모를 수가 있단 말인가. 야속한 마음에 푸른잠자리의 가슴은 금세 터질 것만 같았습니다.

"넌 이 세상에서 가장 소중한 존재인데. 그래서 난 조금이라도 널 기쁘게 해주려고 한시도 네 곁을 떠나지 않고 맴돌았는데…….."

힘이 쭉 빠진 푸른잠자리는 날개를 늘어뜨리며 중얼거렸습니다.

"소중한 존재?"

"그래. 넌 정말 내게 가장 소중한 존재야."

"넌 소중한 존재가 정말 어떤 건 줄 알기나 하니?"

"소중한 존재가 어떤 거라니? 바로 너잖아. 바로 너 같은 존재가 소중한 존재잖아."

"기가 막혀서…….."

"너 없으면 난, 난……."

울음이 나올 것 같아 푸른잠자리는 더 이상 말을 잇지 못합니다.

"울긴. 남자가 바보같이. 못난 모습을 보이는 건 더더욱 싫어!"

바람소리를 내며 휭, 돌아서는 오렌지코스모스의 냉랭한 얼굴. 순간 푸른잠자리의 심장은 꽂히는 비수에 여지없이 찢깁니다.

 "제발 나를 이대로 가만 둬. 난 자유롭고 싶단 말이야. 내 일거수일투족에 따라붙는 네가 견디기 힘들어. 미치겠어. 부담스러워 미치겠단 말이야."

청천벽력 같은 소리였습니다.

뭐가 잘못되었는지? 뭘 잘못했는지? 도대체 알 수가 없어진 잠자리는 맥 빠진 표정으로 단풍나무를 찾아갑니다. 그만이 이럴 땐 큰 도움이 될 것 같습니다.

"난 도대체 알 수가 없어. 내가 뭘 잘못했는지 알 수가 없단 말이야."

단풍나무를 보자마자 푸른잠자리는 참았던 설움이 터져

나옵니다.

"남자가 바보같이 운다며 비웃기까지 했어. 남자는 눈물도 없나. 남자는 울지 말란 법이 어딨어. 대성통곡을 한 것도 아니고 그저 약간 눈물이 비쳤을 뿐인데 말이야."

"그럼 울긴 울었단 말이니?"

"견딜 수가 없었어. 그녀가 날 싫어한다는 생각에 참기가 힘들었어. 그녀를 위해 정말 모든 걸 다 바쳤는데……."

"너무 비관적으로 생각할 건 없어. 오렌지코스모스가 널 싫어한다고 단정할 건 없단 말이지."

"?"

"원래 여자란 그런 거야."

"여자가 그렇다니? 그건 또 무슨 말이니?"

"네가 초보이기 때문에 그렇단 말이지. 새로운 모습을 보여줄 필요가 있어."

"초보? 새로운 모습?"

"새옷을 입고 좀더 멋을 부리고 찾아가는 거야. 지금까지와는 전혀 다른 분위기로 이렇게, 이렇게 말이야."

시시각각 분홍코스모스 쪽만 쳐다보며 조바심하던 때와 달리 단풍나무는 제법 여유를 보이며 포즈까지 취합니다.

"그래. 네 말대로 해볼게."

단풍나무의 조언을 따라 푸른잠자리는 정말 새옷을 차려입고 오렌지코스모스를 찾아갑니다. 푸른잠자리의 꼬리는 조금씩 붉은 물이 들어 있습니다.

"어머, 푸른잠자리 씨, 몰라보겠네."

정말 신기한 일입니다. 단풍나무의 예상이 그대로 적중했나 봅니다. 잘 차려입은 푸른잠자리를 보자 오렌지코스모스는 반색을 하며 호들갑을 떨었습니다.

"그, 그 말 내게 한 거니?"

생각도 못했던 일에 푸른잠자리는 그만 또 눈물이 나올 것 같습니다. 그깟 일에 남자가 눈물을 흘리다니. 다시 한 번 못난 모습을 보인다는 소리를 들을까 봐 얼른 고개를 돌린 푸른잠자리의 가슴은 그러나 새로운 기대로 두근거리고 있습니다.

"그렇잖아도 푸른잠자리 씨가 오길 기다렸어."

이게 무슨 조화입니까. 제발 자기를 자유롭게 놓아두라고 소리칠 때가 언젠데, 오길 기다렸다니? 단풍나무 말마따나 여잔 정말 다 그런 건가?

"날 기다렸다고?"

"그래. 푸른잠자리 씨가 없으니 너무너무 아쉬웠거드응.
내 심부름 해줄 이는 역시 자기밖엔 없어웅."

콧소리가 섞인 말 한 마디에 몸둘 바를 모르는 푸른잠
자리 앞으로 불쑥 오렌지코스모스가 한 통의 편지를 내밉
니다.

"이, 이거 배달할 건가 보지?"

엉겁결에 편지를 받아쥔 푸른잠자리는 금세 달려갈 채비
부터 취합니다. 다시 오렌지코스모스를 위해 일할 수 있다
는 기쁨에 앞뒤를 생각할 겨를이 없는 것입니다.

"응, 배달해 줘. 저기, 저 하늘 높이."

오렌지코스모스의 손가락이 가
리키는 하늘 위엔 은빛 날개를 빛
내는 비행기 한 대가 떠 있습니다.

"저기 하늘 높이 떠 있는 비행기 아저씨한테 좀 전해 줘."

"비행기?"

"응."

"이게…… 비행기한테 보내는 편지란 말이니?"

"응."

꿈꾸듯 아득한 눈길로 비행기를 쳐다보는 오렌지코스모

스. 푸른잠자리의 가슴속에는 난데없는 불길이 확, 당겨집니다.

"그건 안 돼!"

"안 된다고? 왜?"

"싫어."

"싫다니? 뭐가?"

파랗게 일어나는 질투를 애써 누르며 푸른잠자리는 좌우로 고개만 흔듭니다.

"좌우간 싫어. 싫단 말이야."

그 순간 오렌지코스모스의 꿈꾸던 눈빛은 그만 고양이 발톱처럼 날카롭게 변하며 잠자리의 가슴을 할퀴어버리고 맙니다.

"흥, 싫으면 그만 둬. 저기까지 날아갈 자신이 없는 모양이지."

"뭐?"

"날개면 같은 날갠가 어디. 하긴 그런 날개론 저기까지 날아오를 수도 없을 거야."

기가 막힌 푸른잠자리는 안절부절못하고 뱅뱅 허공을 맴돕니다. 그럴수록 점점 더 빈정거리기만 하는 오렌지코스

모스.

"바보같이 울지를 않나. 흥, 무슨 남자가 저래. 마음만 좁쌀 같아서 그저. 저런 남잘 누가 좋아할까. 난 여유 있는 남자가 좋아. 비행기처럼 유유하게 저렇게 좀 높이 날아봐. 좋아하지 말래도 좋아할 테니까."

홀린 듯 아득한 눈빛이 되어 비행기를 쳐
다보는 오렌지코스모스. 충격을 이기지 못
한 푸른잠자리는 어떻게 왔는지도 모르는 채
오렌지코스모스 곁을 떠났습니다.

"흥, 삐쳐서 가면 누가 붙잡기라도 할 줄 아나 보지."

제 풀에 토라져 휑, 고개를 돌리고 마는 오렌지코스모스. 모서리를 돌아가자마자 잠자리는 주저앉고 맙니다. 타오르던 질투도 간 곳 없고 푸른잠자리는 이제 열등의식에 눌려 연기처럼 가만히 꺼져버리고만 싶은 심정입니다.

"왜 그러냐? 푸른잠자리야. 왜 그렇게 허탈한 표정을 짓고 있는 거냐?"

그때 나무 위에서 갑자기 귀에 익은 목소리가 들려왔습니다.

"누, 누구세요?"

"나야, 나! 벌써 내 목소리까지 잊었구나."

목소리의 주인공은 뜻밖에 매미였습니다. 한동안 소식을 알 수 없던 매미가 막 몸 빛깔을 바꾸기 시작하는 나무 위에서 내려오고 있는 것입니다.

"아니, 매미 아저씨! 여긴 웬일로?"

낙담한 마음으로 주저앉아 있던 잠자리는 갑자기 나타난 매미를 보자 반색을 하며 일어섭니다.

"푸른잠자리야, 네게 무슨 일이 있었나 보구나. 옷차림은 훌륭한데 얼굴이 형편없어."

"아, 아저씨……."

마음 약한 잠자리는 여름 한철을 같이 보냈던 매미를 보는 순간 울음부터 터뜨립니다. 자신을 이해해 줄 상대를 만나자 그만 설움이 북받쳐 오른 것입니다.

울긴, 남자가 바보같이!

비아냥거리던 오렌지코스모스의 목소리가 귀에 쟁쟁했지만 눈물이 나오는 걸 어떡합니까. 남자라고 울어선 안 된다는 법이 어디 있습니까.

"그래. 남자도 울 수 있어. 그렇지만 더 울진 마. 울 것까진 없어. 지금 네가 겪고 있는 그 고통은 이기심에서 비롯된 감정의 왜곡일 뿐 사랑이 아니니까."

울먹거리는 푸른잠자리의 이야기를 다 듣고 난 매미는 단호하게 결론부터 내립니다.

"그렇게 잘 차려입었다고 사랑을 얻을 수 있을 거라 생각했니? 사랑은 그렇게 해서 얻어질 수 있는 게 아냐. 사랑은 그렇게 밖으로 드러나는 것에 의해 얻어지는 게 아니란다."

"그렇지만 전 지금 마음이 너무 급한 걸요. 오렌지코스모스의 눈빛 하나 하나에 희망과 절망이 교차되는 걸요."

푸른잠자리가 그렇게 속을 털어놓을 수 있었던 건 매미에 대한 신뢰 때문입니다. 집안의 큰 형님 같은 매미에게만은 가식 없이 자신의 속마음을 다 털어놓고 싶을 뿐입니다.

"그렇지만 참아야 돼. 모든 일엔 인내가 필요하니까. 생각나는 대로 행동하기만 한다면 그 생각은 쓸모 없는 충동이 될 뿐이야. 가슴속에 떠오르는 생각을 누를 수 있는 힘이 바로 인내지. 오랜 세월을 깜깜한 땅 속에서 보낸 뒤 비로소 성충이 된 매미들은 그걸 알아. 인내는 결국 고통을 견디는 힘이라고 할 수 있어. 모든 결과는 충동에 의해 깨어지고 인

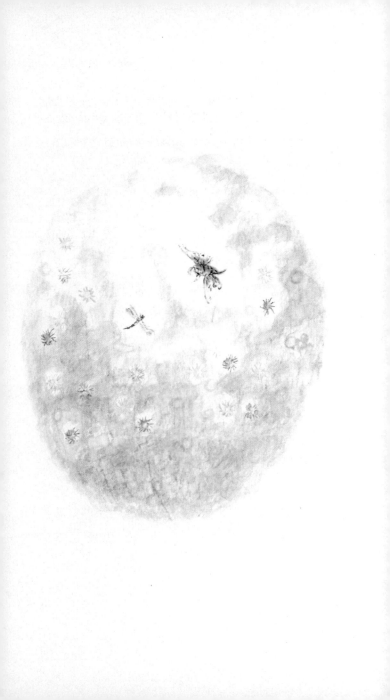

내에 의해 꽃피는 거야."

마치 학생을 타이르는 교사처럼 잠자리를 바라보던 매미는 고개를 들어 한 번 하늘을 쳐다본 뒤 갈 곳이 있다는 듯 천천히 날개를 펴 듭니다.

"아, 아니, 벌써 가시려고요?"

"그래."

"오랜만에 만났는데 벌써요? 요즘은 아저씨 노랫소리도 통 들을 수 없었는데."

지난여름 매미는 열심히 노래만 불렀습니다. 나뭇가지에 붙어 줄기차게 노래 부르던 매미는 가수라기보다 엄숙한 철학자 같았습니다. 노래를 통해 삶의 의미를 찾아내는 검은 옷의 철학자.

"가을이 깊어가니 준비할 게 많아. 그래서 너랑 한가하게 이야기하고 있을 여유가 없구나."

"준비는 무슨 준비요?"

"새로운 삶을 맞이할 준비."

"네?"

"네가 힘들 때 곁에 있어주지 못해서 미안하다. 그렇지만 어차피 그 일은 너 스스로 처리해야 할 일이란다. 자, 그럼 안녕!"

　말을 끝낸 매미는 미처 붙잡을 틈도 없이 휭, 날아가 버리고 맙니다. 매미의 속도를 따라갈 수 없는 잠자리는 텅 빈 하늘만 쳐다보며 깊은 생각에 잠깁니다.

찬별

찬별

손끝에 내려앉은 잠자리를 바라보던
　　　시인의 시선이 철길 쪽을 향합니다.
　　쪼르르, 언덕 쪽으로 달려간 아이는 무엇 때문인지
　　　　　　바닥에 귀를 대고 엎드려 있습니다.
"기차가 오는 모양이야."
"네?"
시인의 말을 들은 푸른 잠자리가
　　　기차를 보기 위해 하늘 높이 오릅니다.
　　　곧 모습을 드러낸 기차는 지축을 흔들며 달려옵니다.

"아니? 가까이 오지도 않았는데 어
떻게 그렇게 기차 오는 것을 알아챌
수 있나요?"

"아이를 보면 알 수 있지. 저렇게 땅이
전해 주는 소리에 귀 기울이는 걸 보면 알 수가 있어."

"말도 없이 그렇게 기차 오는 소릴 듣기 위해 땅바닥에 엎
드렸군요."

"인간의 말은 이미 생명을 잃어버렸으니까. 가슴을 울리
지 않는 건 말이 아니라 단순히 소리일 뿐이지. 마음을 드러
내기 위해 찬별이도 역시 글쓰길 배우고 있어."

"찬별이?"

"그래. 아이의 이름이지. 찬별인 말을 못한단다. 아니 말
을 못한다는 표현은 맞지 않구나. 찬별인 손으로 말을 하지.
우리가 마음으로 대화를 하는 것처럼."

"네? 손으로 말을 한다구요?"

그제야 아이가 줄곧 침묵하고 있던 이유를 알 것 같습니
다. 어느새 아빠 곁에 다가앉은 아이의 뺨 위로 햇살이 떨어
져 뽀송거리고 있습니다. 바라보는 시인의 눈 속에서 슬픔
이 사금파리처럼 반짝거립니다.

"차별인 인간의 말을 혐오하고 있어. 울림이 없는 인간의 말 대신 침묵을 선택했으니까. 어느 날 문득 별이가 말을 하지 않는다는 사실을 깨닫는 순간 나 역시 수화를 배울 수밖에 없었지."

시인의 얼굴에 어려 있던 그늘이 자신에게 옮겨오는 걸 느끼며 잠자리는 찬별이를 쳐다봅니다. 푸른잠자리는 찌리릿, 전기가 오는 듯한 느낌을 받습니다. 찬별이의 맑은 영혼이 순식간에 잠자리의 마음속으로 들어온 것입니다. 단번에 가슴을 적시는 물줄기처럼 잠자리는 아이가 하는 수화를 대번에 깨달아버립니다.

"이젠 음악소리가 그쳤어, 아빠. 저쪽 건널목이 노래를 부르고 있었던가 봐."

찬별이는 그렇게 말했습니다. 움직이는 아이의 손을 지켜보던 시인의 손가락도 따라 움직이기 시작합니다. 미묘하지만 분명한 표정을 가진 손가락들이 춤을 추듯 율동합니다.

"알겠어요. 두 분이 하는 수화를 알아듣겠어요."

"알겠니? 찬별이의 영혼이 네게로 옮겨간 모양이구나."

솜털 보송보송한 얼굴 위로 햇살을 받아놓은 아이의 귀가 아빠 입술을 따라 쫑긋거립니다. 인간의 아이가 이렇게 예쁠 수 있다니. 늘 쫓겨다니느라 제대로 아이들 얼굴을 보지 못했던 잠자리는 비로소 발견한 아름다움에 감탄을 금치 못합니다.

"푸른잠자리야, 너를 위한 시를 써달라고 그랬지?"

시인이 불쑥 종이 한 장을 내밉니다. 제 입으로 원해 놓고도 정작 푸른잠자리가 잊고 있었던 일입니다.

"아, 아저씨. 그런 사소한 약속을 잊지 않으시고……."

"작은 약속만큼 숨은 인격이 드러나는 것도 없지."

"인격이 드러난다구요?"

"약속이란 서로의 인격을 담보로 하는 거래지. 인간의 말이 생명을 잃어버린 건 바로 약속을 지키지 않았기 때문이야. 남발해 놓곤 지키지 않은 헛된 약속들이 인간이 하는 말을 공허하게 만든 거지."

푸른잠자리는 삶의 환희를 느낍니다. 텅 비어 있던 마음을 채워주는 환희. 잊지 않고 지키는 작은 약속 하나가 이렇게 큰 기쁨을 줄 줄이야.

슬픔이 번질 땐 눈감으렴
눈감으면 슬픈 세상 안 보이니까

시를 읽기 위해 일어서는 시인을 보는 순간, 푸른잠자리는 문득 꽃들의 편지를 배달하던 시절 개나리나무로부터 들었던 사연 하나를 떠올립니다. 그때 개나리나무 이야기 속에 등장하던 사람이 꼭 시인 같았기 때문입니다.

"밤이 되면 사람들은 북쪽을 향해 방송을 한단다."

제 몸 위에 앉아 있던 푸른잠자리를 향해 개나리나무는 그렇게 이야길 시작했습니다. 개나리나무가 가리키는 강가엔 '자유로'라는 큰길이 누워 있고, 더 올라가면 임진각이라는 표지판이 나옵니다.

"방송? 그게 뭔데?"

"멀리다 대고 소리지르는 게 방송이야."

"왜? 소릴 왜 질러?"

"알 게 뭐야. 바보 같은 짓이지. 한밤중에 잠이 다 깨도록 떠들어대니 누가 좋아하겠어. 그 소리 때문에 때로는 꽃들이 후드득 다 떨어져버릴 때도 있는데 말이야."

"인간이란 그렇게 바보 같은 짓거릴 해댈 때가 많아."

여름내 자기를 쫓아오던 아이들을 떠올리며 잠자리는 볼멘소리를 합니다.

"어느 비오는 봄날의 밤이었어."

"봄밤?"

"그래. 넌 봄밤이란 걸 모르겠지만. 그런 밤이 몇 날씩 지나가야 너 같은 잠자리들이 우화하는 여름이 찾아오지. 어쨌건 그때 난 반짝이는 별 같은 노란 꽃들을 가지가 휘도록 달고 있었어. 그런데 한창 피어나던 꽃들이 그놈의 방송 때문에 후드득, 떨어져 강물에 떠내려가고 마는 거야. 마이크라는 걸 사용해 고래고래 고함을 질러대니 놀란 꽃잎들이야 그럴 만도 했지."

"그렇다니까. 인간들은 역시 자기밖에 몰라. 모두가 다 잠든 밤중에 그렇게 소릴 지르다니, 말도 안 돼!"

"한 번은 방송이 끝나는가 싶었는데 갑자기 웬 낯선 남자 목소리가 들려왔어. 방송은 언제나 틀에 박힌 여자 목소리였거든. 잠을 청하던 우린 깜짝 놀라 소리나는 쪽으로 귀를 빼앗기고 말았지."

"그렇다니까. 밤중에 그렇게 몰상식하게 소리를 질러대는 건 남자이기 십상이지. 잠자리채를 휘저으며 달려드는 것도 대부분 사내녀석들이니까."

"소리의 주인공은 다리를 절고 있었어."

"다리를 절어?"

"응. 처음엔 그게 이상해서 유심히 봤지.
그런 사람은 처음 봤거든. 절룩거리며 강변
으로 온 남자가 더 우리의 시선을 끌었던 건 두 손을 입가에
모으고 마이크 흉내를 내었기 때문이야. 이렇게 말이야."

개나리나무는 이제 가지를 모으며 남자 흉내를 냅니다.

—신도시 주민 여러분! 신도시 주민 여러분! 지금 강가엔
개나리가 피고 있습니다. 여러분들 귀엔 잘 들리지 않겠지
만 제 귀엔 지금 개나리 피는 소리가 들리고 있습니다. 어둠
을 뚫고 피어나는 개나리의 선명한 노랑이 또렷한 목소리
로 제 귀에다 대고 소릴 지르고 있습니다.

개나리 피는 게 뭐 그리 대단한 일이냐고요?

대단하고 말고요. 집 한 칸 가지고 있지 않아도 잘만 살아
가고 있는 개나리들이 제겐 대단하게 느껴집니다. 집도 없
이, 하루아침에, 정들었던 일터에서 쫓겨나 버린 저 같은 사
람한테 개나리는 부러움의 대상이 되고도 남습니다.

술 취한 건 아니냐고요?

네, 맞습니다. 취한 건 사실입니다. 전 지금 술 마시지 않곤 못 배길 정도로 답답하고 불안한 심정이니까요

하긴 여러분한테 이런 이야길 한들 무슨 소용이 있겠습니까. 사지가 멀쩡한 사람도 쫓겨나는 판국에 다리도 성치 않은 저 같은 장애자가 쫓겨난 건 어쩌면 당연한 일인지도 모르지요.

그래요, 화제를 바꾸어보지요.

며칠 전 주머니를 톡톡 털어 튤립 몇 송이를 샀습니다. 빨강과 노랑으로 각각 두 송이씩.

남달리 꽃을 좋아하는 것도 아니지만, 빨갛고 노랗게 세상을 밝히고 있는 그것들을 보는 순간 문득 가슴이 찡해지더군요. 그래서 왠지 그것들을, 그 여린 것들을 보고 있노라면 뭔가 위로가 될 것 같은 기분이 들어 사들고 왔답니다. 그날부터 행복해지고 싶어 난 한밤중에도 혼자 꽃 앞에 앉아 있곤 했지요.

튤립이 아침이 오면 봉오리를 열고 밤이면 봉오리를 닫는다는 사실을 이번에야 알았습니다. 오도카니 앉아 있던 꽃들은 어둠이 찾아오면 노랗거나 빨간 그 예쁜 꽃잎들을 오므리고 말더라구요. 나이 서른을 훌쩍 넘겨 비로소 튤립의

생리를 알게 된 것입니다.

돌이켜보니 지금까지의 내 삶이 이렇게 꽃 한 송이가 피고 지는 것도 모르는 채 흘러왔구나, 하는 생각이 들더군요. 튤립의 생리를 깨닫기까지 이렇게 많은 시간을 보내왔구나, 하는 깨달음은 깨달음이라기보다 자책 같은 거지요.

불쑥 아내 생각이 나더군요. 돈 벌어오겠다고 가출해 버린 아내 말입니다. 아내도 더 견딜 수가 없었겠지요. 무능한 남편에다 하나밖에 없는 딸아이까지 말문이 막혀 있었으니…….

그런 아내를 이해 못하는 건 아닙니다. 그렇지만 세상일이 이해한다고 해서 해결이 납니까 어디. 생각할수록 앞만 캄캄해지는 일이죠. 그래서 술을 먹게 된 겁니다. 터질 것같이 답답한 가슴을 도저히 어떻게 할 수가 없어서 말입니다.

하기야 이런 판국에 튤립의 봉오리가 열리고 닫히고가 뭐 중요한 일이겠습니까. 그러나 난 그렇게 생각하질 않아요. 중요합니다. 제겐 이게 정말 중요한 일이란 말입니다.

뭐라구요? 시끄러우니 집에 가서 잠이나 자라구요?

그래요, 가야죠. 아빠가 돌아올 때까지 잠도 안 자고 기다리고 있을 딸아이한테로 가야지요.

봄비가 오는군요.

내일 아침이면 또 강변 가득 개나리들이

아우성을 치겠군요…….

슬픔이 번질 땐 눈감으렴

눈감으면 슬픈 세상 안 보이니까

눈감고 생각으로 하늘을 나렴

슬픔은 날개가 없으니까…….

시인이 읽어주던 시를 듣다 옛날 생각에 빠졌던 잠자리는 화들짝 놀라며 주위를 둘러봅니다. 강변의 개나리는 이미 져버린 지 오래이고 푸르던 잎들도 점점 제 빛깔을 잃고 있습니다. 하늘을 바라보는 시인을 뒤로 하고 아이가 언덕 위로 달려가고 있습니다. 기차가 지나가면 꼬마는 또 단풍잎 같은 손을 흔들겠죠.

그러나 기차는 여전히 꽥, 하는 소리만 질러대고 정신없이 지나가고 말 것입니다. 다음 역에 도착할 시간에만 몰두할 뿐 기차는 마주 보고 손을 흔드는 것엔 관심도 없을 테니까요.

세상은 그렇듯 다 바쁘기만 합니다. 어디로 흘러가는지도 모르는 채 다만 앞으로 앞으로, 또는 높은 곳으로 높은 곳으로, 정신없이 줄달음질치기

위해 소중한 것들을 다 잊어버리고 삽니다.

 하늘을 맴돌던 푸른잠자리는 그날, 아이의 손을 잡고 돌아가는 시인의 성치 못한 다리를 오랫동안 지켜보고 있었습니다.

내 속의 강

내 속의 강

  ―엄마, 보세요.
      이 이야길 들으면 엄만 아마 성낼 거예요.
엄만 지금도 아빠 사랑할 테니까.
     어제 아빠 손을 데었어요.
         라면을 끓이다가요.
  국물이 너무 뜨거웠나 봐요.

그리고 엄마가 알면 또 화낼 일이 있어요.
통장을 깼거든요.
내가 아기 때 넣던 그 교육보험인가 하는 통장 말이에요.
그렇지만 아빠 미워하진 마세요.
요새 우린 한동안 라면만 먹었거든요.
취직이 되면 아빠 다시 통장을 만들어준다고 하셨어요.
이제 그만 돌아오세요, 엄마. 돈 안 벌어도 괜찮아요.
통장을 깨면 아빠가 돈이 생긴다고 했으니까요.
빨리 오세요 엄마. 보고 싶어요…….

잠자리 발가락같이 써놓은 찬별이의 편지가 종이 위를 꼼지락거리며 기어가고 있습니다. 찬별이가 써놓은 글 위로 내려앉던 푸른잠자리는 저만치 땅 위에 엎드려 있는 아이를 보며 고개를 갸우뚱거립니다.

"바닥에 귀 대고 무슨 소릴 듣는 거니?"

이미 사라지고 없는 기차의 꽁무니라도 좇는지 아이의 시선은 먼산을 넘어가고 있습니다.

"기차는 벌써 사라졌는데 아직도 소리가 나니?"

"아니야, 그래서 그런 게 아니야."

찬별이의 손가락이 부지런히 움직이며 잠자리의 질문에 답합니다.

"그럼 왜?"

아이 눈엔 이제 그렁그렁 이슬이 맺힙니다.

"엄마 때문에……."

"엄마 때문?"

"응."

푸른잠자리는 다시 고개를 갸우뚱거립니다. 엄마 때문이라니? 엄마 때문에 땅바닥에 귀를 댄다니?

"엄마 때문이라니 도대체 무슨 말이니?"

떨어진 눈물방울이 또르르,

빰 위로 굴러 떨어집니다.

굴러가는 눈물에 놀란 잠자리가

찬별이의 어깨 위로

포르르 날아가 앉습니다.

"그럼 그렇게 땅바닥에 귀를 대면 엄마를
볼 수 있는 거니?"

"엄만 기찰 타고 떠났으니까."

"뭐?"

"엄만 기차를 타고 이 길로 갔어. 그래서 엄
마가 보고 싶을 땐 땅바닥에 귀 대고 기차소릴 듣는 거야."

찬별이 이야길 듣는 잠자리 눈에도 어느새 그렁그렁 이슬
이 맺힙니다.

엄마!

부르기만 해도 눈물나는 이름입니다.

엄마를 떠올리며 눈물 흘리던 때가 잠자리에게도 있었습
니다. 엄마와 함께 가는 아이들을 보고 얼마나 인간을 부러
워했는지 모릅니다. 그런데 지금 엄마 없는 아이를 만난 것
입니다. 인간들 세상에도 엄마 없는 아이가 있는 것입니다.

"엄마! 엄마!"

막 허물을 벗고 세상으로 나왔던 어느 날 푸른잠자리는
큰 소리로 엄마를 부르며 울었습니다.

"엄마! 엄마!"

그 소리에 가지 끝에 앉아 있던 밀잠자리 한 마리가 고개

를 들었습니다.

"날 보고 불렀니? 엄마라고?"

"네."

간절한 푸른잠자리의 눈빛이 밀잠자리를 향합니다.

"내가 왜 네 엄마니? 넌 장수잠자리지 밀잠자리가 아니잖아?"

황갈색 몸을 하고 있던 밀잠자리가 고개를 갸우뚱거리며 말합니다.

"알아요. 그렇지만……."

"알면서 왜?"

"한 번만 엄마라고 불러보면 안 될까요? 소원이에요. 한 번만 엄마라고 부르게 해주세요."

"난 네 엄마가 아닌데도?"

"엄마가 그리워서 그래요. 너무 엄마라는 이름이 불러보고 싶어 그래요."

세상에 나와 눈을 뜬 순간 이미 날아가 버리고 없던 엄마. 이 세상 어디에도 제 어미가 누구인지 알고 있는 잠자리는 없습니다.

곰곰 생각에 잠기던 밀잠자리는 이윽고 고개를 끄덕이며

푸른잠자리의 청을 허락합니다.

"정 그러고 싶다면 그렇게 하거라."

"고맙습니다. 고마워요. 어, 엄마……."

한동안 그렇게 밀잠자리를 엄마라 부르며 따라다니기도 했습니다. 엄마 생각을 하던 잠자리는 이제 왜 그렇게 찬별이가 자꾸 땅바닥에 엎드리는지 알았습니다.

"어디서 음악소리가 나 아빠."

우울한 표정을 짓고 있는 아빠에게 찬별이가 손가락을 움직여 말을 합니다. 찬별이가 쓴 편지를 읽은 건지 시인의 눈가에도 눈물 흔적이 있습니다.

"건널목이 땡그랑땡그랑 노래 부르고 있는 건 아닐까?"

"아니야. 그런 소리가 아니야. 이번엔 하모니카 소리야."

"하모니카 소리?"

푸른잠자리와 시인은 동시에 귀를 쫑긋거려 봅니다. 그러나 아무 소리도 들리는 게 없습니다.

"찬별이한테만 들리는 소릴 거야. 우리가 못 듣는 소릴 찬별인 들을 수 있으니까. 말을 하진 않지만 찬별이는 특별한 감각을 가지고 있지. 한번은 찬별이가 마음으로 하는 소리가 내게 들려왔던 적도 있어."

"마음으로 하는 소리라구요?"

"응. 한동안 술만 마시던 시절에 있
었던 일이지. 날 이렇게 만든 세상, 내
딸의 엄마를 떠나게 하고 내 딸을 불행하
게 만든 세상을 결코 용서하지 못하던 그런 시
절에 있었던 일이야."

"?"

"잠든 찬별일 보고 있는데 어디서 또록또록한 목소리 하
나가 들려왔어. 아무도 없는 어둠 속이었지. 순간적으로 난
그게 찬별이 소리라고 느꼈어."

독백을 하듯 시인의 눈길이 허공을 바라보고 있습니다.

"강을 보세요! 그 소린 그렇게 시작했어."

"강을 보라니, 그건 무슨?"

"강, 내 속을 흐르는 강 말이야. 또록또록하고 맑은 목소
리였어. 그때 비로소 난 찬별이가 말을 하지 못하는 게 아니
라 안 하는 것이란 생각을 하게 되었지. 찬별인 어쩌면 아무
런 울림도 주지 않는 말들, 진실하지 못해 생명을 잃어버린
인간의 말이 싫어 입을 다물고 있는 건지도 몰라."

꿈꾸듯 시인의 기억은 과거의 한순간을 지나가고 있습

97

니다.

"그날부터 밤만 되면 강을 보러나갔지. 내 속에 흐르는 강을 찾으려고. 개나리 핀 강가에 나가 소리소리 지르며 울분을 토하곤 했어."

"강에 나가 소릴 질렀다면? 그렇다면 아저씨가 바로?"

어디서 들은 적 있는 이야기 같아 푸른잠자리의 기억도 강가를 더듬기 시작합니다. 개나리나무 휘늘어진 강변 정경이 선명하게 떠오릅니다.

"손으로 마이크 흉내를 내었던 분이 아저씨였군요."

"알고 있었니?"

"네. 개나리나무가 이야기했어요."

푸른잠자리는 이제 밤이면 봉오리 닫던 튤립을 떠올립니다. 튤립의 생리를 알기까지 그렇게 많은 시간을 보내야 했다고 말한 사내를 만난 것입니다.

"그렇게 고통스러워하던 어느 날 갑작스런 깨달음이 찾아왔어. 답답할 땐 강을 보라고 하던 찬별이의 말이 문득 가슴에 와닿았던 거야.

흐르는 강을 보며 곰곰이 생각했지. 내가 아무리 소리소리 질러도 강은 묵묵히 흐르고 있더군. 묵묵부답으로 제 갈

길을 가기만 하는 강 위로 비친 건 내 초라한 얼굴이었어. 그때까지 아무것도 보이지 않던 강 위로 그렇게 문득 내 얼굴이 떠오른 거야. 비로소 나는 나 스스로를 들여다보기 시작했던 거지.

놀랍게 그 속에도 강이 흐르고 있더군. 그때까지 보지 못했던 내 속의 강 말이야. 잔물결이 흔들려도 깊은 곳에 변하지 않는 흐름이 있는 강처럼 내 속에도 변하지 않고 흐르는 흐름이 있었어. 난 잃어버린 어린 시절의 꿈을 떠올렸지."

"아저씨가 어렸을 때 가지고 있던 꿈 말인가요?"

"응. 오랫동안 가슴속에 넣어두고 있던 꿈이지. 내 속에서 소리 없이 자라기만 하던 꿈. 그때부터 다시 시를 쓰기 시작한 거야. 잃어버린 꿈, 그건 시를 쓰는 일이었어."

가슴이 싸아하게 젖어오는 것을 느낀 푸른잠자리가 그제야 날개를 펴고 허공을 날아오릅니다. 시인은 잠자리의 그런 비상을 말없이 지켜보기만 합니다.

"꽃나무는 죽으면 어디로 가, 아빠?"

함께 하늘을 쳐다보던 아이가 다시 시인에게 말을 겁니다. 움직이고 있는 아이의 손가락 위로 조그맣고 예쁜 꽃들이 필 것 같습니다.

"꽃나무? 응, 글쎄, 나무는 죽으면…… 그냥 버리게 되는 거지."

아이의 손가락 따라 시인의 손가락도 응답하며 움직입니다.

"아니야, 나무는 죽으면 사람이 된대."

"사람? 그건 누가 가르쳐준 거니?"

"응. 그건 그냥 내 생각이야."

"네 생각?"

"응. 별이 떨어지면 어디선가 사람이 죽은 거라고 엄마가 말했어. 엄만 사람들은 다 제 별 하나씩을 가지고 있다고 했어. 엄마 말이 떠올라 그런 생각을 한 거야."

"그래. 네 말이 맞을 수도 있겠지. 나무가 죽으면 사람이 될지도 모르지."

"엄만 또 꽃이 피면 좋은 소식이 있는 거라고 말했어."

"좋은 소식?"

"응. 꽃이 피면 다시 아빠가 일자릴 얻을 거라고 했어."

시인의 표정이 다시 어두워집니다. 일자리를 구할 가능성은 희박합니다. 멀쩡한 사람도 직장을 잃는 판국에 불편한 몸으로 어디서 일자리를 구할 수 있겠습니까. 시인은 이제 친구를 따라가 장사를 해볼 생각입니다. 그러기 위해선 찬별이를 두고 멀리 떠나야 합니다.

"찬별아, 아빠 말이야……."

돈 벌어올 때까지 헤어져 있어야 한다는 말을 차마 꺼낼 수가 없습니다. 엄마도 없는 아이를 두고 가야 할 시인의 마음은 찢어지듯 아프기만 합니다. 형편이 어렵긴 마찬가지지만 당분간 아이를 고모 집에 맡겨둘 생각입니다.

"우리 엄말 찾아줘!"

갑자기 찬별이가 잠자리에게 말합니다. 평소와 달리 강하고 재빠른 손놀림입니다. 고모 이야기를 꺼내려던 시인이 놀란 듯 아이를 쳐다봅니다. 얼른 말뜻을 알아채지 못한 잠자리는 찬별이 곁을 맴돌고 있을 뿐입니다.

"넌 높이 올라갈 수 있으니 울 엄말 찾을 수 있잖아. 하늘에 올라가면 다 보일 테니까."

그제야 찬별이의 말뜻을 알아차린 잠자리가 놀란 듯 고개를 젓습니다.

"아니야. 아니, 그건 아니야. 난 높이 올라가지 못해. 높이 날아갈 수가 없단 말이야……."

바위같이 무거운 것이 갑자기 잠자리 가슴을 눌러옵니다.

높이 올라간다는 말을 듣는 순간 비행기 생각이 난 것입니다. 숨었던 열등감이 다시 전신을 휘감아옵니다. 곤두박질치는 바람에 찢겼던 날개 한쪽이 잊고 있던 고통을 호소합니다. 비행기만큼 높이 올라갈 수 없다는 열등의식에 푸른잠자리는 스스로의 비행 능력을 불신하고 있는 것입니다.

"아니야. 너라면 할 수 있어. 넌 날개를 가지고 있잖아. 저 산보다 넌 더 높이 올라갈 수도 있을 텐데 뭐."

아이가 가리키는 곳에 야산 하나가 보입니다. 높진 않지만 나무들이 자라고 있는 아름다운 동산입니다. 잠자리는 힐끗 산을 쳐다봅니다. 하기야 저 산 정도야 오르지 못할 리가 없습니다. 구름 위를 날아가는 비행기야 따라잡지 못했지만 저런 야산 정도야 하루에도 몇 번씩 오르락내리락하던 시절이 있었습니다. 찬별이의 격려에 힘입은 푸른잠자리는 용기가 샘솟는 것을 느낍니다.

푸른 하늘 모퉁이

푸른 하늘 모퉁이

푸른잠자리는 이제

    찬별이 엄마를 찾기 위해

        동분서주하고 있습니다.

        "파란 옷을 입고 있었어. 모자를 쓰고 말이야.

            철길 위로 날아가다 발견한 사람인데……."

좀 특별한 사람이 눈에 띄기만 해도

푸른잠자리는 잽싸게 날아와

찬별이의 엄마가 아닌가 물어보곤 합니다.

"파란 옷 입은 사람? 어떻게 생겼는데?"

"모자를 쓰고 있었어. 망치를 들고 레일을 두드려보기도 하고 갑자기 발로 침목(枕木)을 툭툭, 차기도 하고 그랬어."

"모자?"

"응. 옷 색깔과 같은 파란 모자."

"아냐. 우리 엄만 모자 같은 건 안 써."

잠자리는 다시 날아갔습니다. 잠자리를 기다리며 찬별이는 기차가 지나갈 때마다 손을 흔들고 있습니다.

"이번엔 틀림없이 여자야. 치마를 입고 있었으니까. 손엔 작은 책자 하나씩을 들고 있었어."

푸른잠자리는 그때까지 인간의 남자와 여자를 잘 구별하지 못했습니다. 치마를 입고 있는 건 다 여자라는 새로운 사실을 알게 된 잠자리는 치마 입은 사람만 쫓아다닌 모양입니다.

"작은 책을 들고 있어?"

"응. 두 사람이 항상 같이 다니는 걸 보고 따라가 봤지. 그 중에 한 여자가 네 엄마일지도 모르니까 말이야."

"맞아. 우리 엄만 동화책을 잘 읽어줬어."

책 이야기가 나오자 찬별은 기쁜 듯 잽싸게 손가락을 움직여 말합니다.

"엄만 내가 좋아하는 이야긴 다 외우고 있는 걸 뭐."

"그렇지만 그 사람들은 동화 같은 걸 읽진 않았어."

"그럼?"

"집집마다 다니며 인터폰을 눌렀어."

"왜?"

"기쁜 소식을 전해 주기 위해서."

"기쁜 소식?"

"응. 그 사람들이 그랬어. 곧 심판의 날이 온다고. 나쁜 사람들은 왼쪽으로, 그리고 좋은 사람들은 오른쪽에다 세워놓는다고 했어. 왼쪽 사람들은 다 죽고, 오른쪽 사람들만 날개가 달려 하늘나라로 올라간다고 했어. 오른쪽에 설 수 있는 방법을 알려주려고 그 여자들은 바쁘게 다니는 거야."

"심판이 뭔데?"

"나쁜 사람과 좋은 사람을 가려내는 대회 같은 건가 봐."

"대회?"

"운동회 같은 것 말이야."

"그럼 울 엄마가 운동회에 갔단 말이야?"

"그래. 그것 때문에 바빠서 널 잊어버린 건지도 모르잖아. 두 사람 중에 삐삐 마른 여자가 네 엄마일 것 같아."

"그건 왜?"

"그 여자가 네 아빨 부르고 있었으니까."

"우리 아빨 불러?"

"틀림없어. 아버지, 아버지, 하고 울부짖으며 말이야."

찬별은 얼른 판단이 서질 않았습니다. 아버지한테 수건 좀 갖다 드려라, 하고 심부름을 시킬 때 엄만 간혹 아버지라는 말을 쓰기도 했으니까요.

"그렇지만 울 엄만 아닌 것 같은데?"

"왜?"

"울 엄만 오른쪽에 서는 건 기쁜 소식이라고 생각 안 해. 기쁜 소식은 아빠가 새 일자릴 얻는 거라고 했어."

"일자리?"

"응. 그래야 먹고살 수 있다고 그랬어."

하기야 찬별이의 엄마가 아닐지도 모릅니다. 그 사람들은 사실 아무것도 모르는 사람들이기 때문입니다. 그렇게 하늘을 날아다녔지만 잠자린 아직 그들이 하느
님, 하느님 하고 불러대던 그 하느님이란 존재
를 한 번도 만나보지 못한 것입니다. 모르긴 해
도 아마 그 사람들 비행 실력으론 하느님 찾기
가 그리 쉽지 않을 것 같습니다.

수도 없이 오르락내리락하면서도 푸른잠자리는 힘든 줄
모릅니다. 머릿속에는 다만 찬별이를 도와야 한다는 생각
뿐. 어쩌면 꽃들의 우체부 노릇하던 때가 지금과 비슷했습
니다. 그때 역시 보람있는 일을 한다는 생각에 힘든 줄을 몰
랐으니까요.

예전 일을 떠올리자 다시 오렌지코스모스 생각이 납니다.
그녀가 있는 쪽을 피하려고 애써 먼길을 돌아가곤 하면서
도 머릿속엔 여전히 집착이 남아 있습니다.

"혹시 찬별이 엄마 아니세요? 혹시? 혹시? 혹시?……."

잠자리는 이제 만나는 사람마다 무작정 물어보기로 작정
합니다. 찬별이가 얘기해 준 외모만으로는 도대체 누가 누
군지 알아볼 수가 없기 때문입니다.

그러나 사람들은, '어, 아직도 잠자리가 있네?'

아니면, '무슨 놈의 잠자리가 사람한테 달려들어?'

이런 식으로 푸른잠자리를 내칠 뿐입니다. 하기야 말이 통하지 않으니 사람들을 나무랄 수만도 없는 노릇이죠.

그렇게 답답한 심정으로 여기저기를 기웃거 리던 어느 날 푸른잠자리는 팔랑거리며 날아 가는 나비를 만났습니다. 너무나 오랜만에 본 나 비입니다. 그간의 안부가 궁금했던 잠자리는 앞서가는 나 비를 바쁘게 따라갔습니다.

나비는 뜻밖에 비행장으로 날아갔습니다.

"네 이름은 뭐니?"

무슨 목적에선지 나비는 막 활주로에 내려앉은 비행기 를 향해 다가가더니 그렇게 이름부터 묻기 시작했습니다. 커다란 비행기의 몸집을 아랑곳하지 않는 당돌한 태도였 습니다.

푸른잠자리는 깜짝 놀라 날개가 움츠려들 지경입니다. 처음으로 비행기를 가까이서 봤기 때문입니다. 심장이 오 그라드는 것 같았습니다. 비행기가 이렇게 클 줄 몰랐습니 다. 아득하게 하늘에 떠있을 때도 크게 보였는데 가까이서 본 비행기의 몸집은 잠자리의 기를 아예 죽일 대로 죽여놓을 만큼 거대한 것이었습니다. 과연 오렌지코스모스가 동경의 눈길을 보낼 만큼 비행기는 당당하고 늠름한 모습입니다.

'오렌지코스모스가 저 애를 좋아하고 있다' 라고 생각하는 순간 푸른잠자리는 온몸의 피가 거꾸로 솟구치는 격렬한 질투를 느낍니다. 그러나 곧이어, '저 애한테 비하면 난 왜소하기 짝이 없어' 라는 생각과 함께 치솟던 질투는 간 데 없고 이내 서글픈 생각에 잠깁니다.

빈정거리는 오렌지코스모스의 목소리가 커다랗게 확대되며 가슴을 짓눌러왔습니다. 은빛 날개를 빛내고 있는 저 당당한 모습. 여유를 부리고 있지만 비행기에 비하면 나비 또한 간신히 찍어놓은 점만큼이나 왜소하게 느껴질 뿐입니다.

"네 이름이 뭐냐니깐?"

그러나 열등감에 주눅드는 잠자리와 달리 나비는 독촉이라도 하듯 큰 목소리로 다시 비행기의 이름을 묻습니다.

"난 보잉 747 비행기야."

"뭐? 보잉 747 비행기? 무슨 이름이 숫자로 되어 있니. 넌 참 우스운 이름을 가지고 있구나."

금세라도 깔깔거리며

웃음을 터뜨릴 듯 손뼉을 쳐대는 나비.

그런 나비를 바라보며

푸른잠자리는

쟤가 혹시 머리가 이상해진 건 아닌가?

걱정스런 마음이 듭니다.

"그런데 넌 무슨 일을 하는 거니?"

"무슨 일이라니?"

"그렇게 큰 몸집을 하고서 하늘을 날아다니는 목적이 뭐냔 말이야?"

"내 몸 속엔 많은 사람들이 타고 있어. 그러니까 난 사람들이 가고 싶은 곳으로 데려다주는 일을 하고 있어. 그런데 넌?"

정말 비행기 몸 속엔 많은 사람들이 타고 있었습니다. 저애는 사람들까지 토해 낼 수 있구나! 커다란 계단을 이용해 비행기에서 내리고 있는 사람들을 보며 잠자리는 저도 모르게 감탄사를 토해 내고 맙니다.

"난 나비야. 꽃이 피는 것을 도와주고 있지. 그런데 네 피부는 왜 이렇게 딱딱한 거니?"

"난 기계야, 기계니까 그렇지. 기계들은 다 피부가 딱딱한 거야."

"기계?"

"그래. 사람이 조종하는 기계."

"그럼 넌 네 마음대로 갈 수가 없단 말이니? 생명이 없단 말이야?"

"생명?"

"그래. 나처럼 날아가고 싶을 때 마음대로 날아갈 수 있는 자유 말이야. 그런 걸 생명이라고 해."

갑자기 나비는 가엾다는 표정을 지으며 비행기를 쳐다봅니다. 울상이 되어 중얼거리는 비행기의 음성이 잠자리한 테까지 들려옵니다.

"그래. 네 말이 맞아. 난 자유가 없어. 사람들의 명령이 없으면 꼼짝도 할 수 없어."

"그렇구나. 넌 네 마음대로 날아갈 수 없는 기계였구나. 넌 참 불쌍하구나!"

이제야 알았다는 듯 나비가 커다랗게 손뼉을 쳐대며 하늘로 날아오릅니다. 잠자리 역시 깜짝 놀라 나비를 따라 허공을 맴돕니다.

"생명이란 자유로운 거다! 자유가 없는 것은 아름답지 않다. 아름다운 것은 모두 살아 있는 것이다!"

날아오르며 나비는 크게 소리를 질렀습니다. 순간적으로 깨달은 게 있었던 모양입니다. 푸른잠자리의 가슴도 갑자기 울렁거리며 파도소리를 내기 시작했습니다. 푸른잠자리 역시 자신이 살아 있는 생명체란 사실을 깨달았던 것입니

다. 터질 것 같은 환희에 휩싸인 잠자리가 미친 듯 구름을
향해 날아오르기 시작합니다.

"나는 살아 있는 생명체다! 내겐 자유가 있다! 그러므로
나는 내 뜻대로 살아갈 수가 있다!"

자신을 짓누르고 있던 열등의식이 한꺼번에 날아가 버리
는 순간이었습니다. 나비처럼 커다란 소리를 내며 잠자리
역시 손뼉을 쳐댔습니다. 엄청난 폭음을 내며 날아오를 뿐,
비행기는 기껏 인간이 조종하는 쇳덩어리였던 것입니다.

"생명도 없는 기계한테 열등의식을 느껴 그렇게 괴로워
했다니!"

그 순간 다시 오렌지코스모스 생각이 났
습니다. 황급히 날개를 움직여 푸른잠자
리는 오렌지코스모스가 있는 쪽을 향
해 날아가기 시작합니다. 어서 오렌지
코스모스에게 이 사실을 알려야겠다
는 생각이 갑자기 마음을 바쁘게 한
것입니다.

그러나 잠자리는 그 순간, 다시 새로
운 갈등과 만나게 될 줄 모르고 있었습니

다. 삶이란 그렇게 새로운 갈등을 맞이했다간 보내고, 맞이했다간 보내고 하는 일의 무수한 반복인 줄 까맣게 모르고 있었던 것입니다.

서리가 오기 전에

서리가 오기 전에

당장에 오렌지코스모스를 향해
달려갈 것 같던 푸른잠자리는
이내 마음을 바꿔 먹습니다.
실망하는 그녀 모습을 보고 싶지 않기 때문입니다.
비행기가 살아 있는 생명체가 아니라는 사실을 안다면
그녀는 얼마나 실망하겠습니까.
순진한 여자의 꿈을 깨뜨리지 말자는 생각으로
푸른잠자리는 그만 방향을 바꿉니다.

─저건 뭐지? 저 늙은 나무의 가지에 매달려 있는 저것 말이야.

방향을 바꿔 날던 잠자리 눈에 색다른 풍경 하나가 들어왔습니다. 열매를 매달고 있는 사과나무가 눈에 띈 것입니다. 가지 위로 내려앉은 잠자리가 묻습니다.

"나무 할아버지 지금까지 못 보던 건데 뭘 그렇게 잔뜩 팔에 매달고 계신 거죠?"

"이거 이 열매 말이니? 그렇게 날아다니면서도 넌 지금까지 이게 뭔지도 몰랐단 말이니?"

질문을 기다리기라도 했다는 듯 늙은 나무는 자랑스러운 표정으로 쑥, 가슴을 내밉니다.

"미안해요, 할아버지. 제 눈엔 오늘에야 할아버지의 달라진 모습이 보였어요."

"그건 네가 그만큼 내게 관심을 두지 않았기 때문이야. 관심이 없으면 뻔히 눈앞에 있는 것도 보이지 않는 법이지. 난 날아다니는 모습을 보며 네가 벌써 힘이 빠지기 시작하는구나 생각했는데. 매일 눈에 띄게 맥을 잃고 있는 햇살처럼 말이야."

"제가요? 제가 힘이 빠져 보여요?"

"그럴 때가 가까워왔어. 난 알고 있지. 옛날 내 팔뚝에 지금보다 훨씬 많은 사과가 달리던 그 시절부터 반복되던 일이니까."

"사과?"

"그래. 지금 네가 신기하게 여기는 이걸 인간들은 사과라고 부르지. 그들이 가장 좋아하는 열매가 바로 이거야. 한입에 베어먹긴 너무 커서 인간들은 이걸 토막토막 잘라서 먹곤 해. 예전에 난 해마다 지금보다 훨씬 많은 사과들을 주렁주렁 달곤 했었다. 마치 빛나는 훈장 같았지. 추운 겨울을 견디고 봄에 꽃을 피워낸 뒤 작살 같이 꽂히는 여름햇살을 견뎌낸 나무들만 달 수 있는 훈장 말이야."

옛날을 회상하듯 늙은 나무는 아련한 표정을 짓습니다. 그러나 그런 표정도 잠시뿐 사과나무는 안타깝다는 얼굴로 중얼거립니다.

"하기야 겨울이니 봄이니 하는 계절들을 넌 잘 알지도 못하겠지만……."

금세 쯧쯧, 혀라도 찰 듯 동정하는 눈빛으로 잠자리를 보는 사과나무의 시선.

묘한 기분이 된 푸른잠자리는 나무 꼭대기로 날아오르며 고개를 갸우뚱거립니다.

"봄에 꽃을 피운다면 그럼 할아버지도 나비의 도움을 받으셨겠군요?"

"그럼. 나비랑 벌이랑 올해는 몇 년 동안 찾아오지 않던 그 놈들이 오는 걸 보고 내 이럴 줄 알았지. 이렇게 열매가 달릴 줄 알았단 말이다. 봐, 난 아직도 열매를 맺을 수 있는 젊은 사과나무야. 너도 이제 내게 할아버지란 말을 쓰지 않았으면 좋겠구나."

보란 듯이 사과나무는 쑥, 팔을 뻗어보입니다. 그 바람에 가지에 매달려 있던 작은 열매들이 방울처럼 요란스레 몸을 떱니다. 제대로 여물지 않은 그 열매들은 사과라기보다 살구나 앵두 같이 작기만 합니다. 푸른잠자리는 그제야 사과나무가 열등의식에 빠져 있다는 사실을 알아차립니다.

"그만 두세요, 할아버지. 열매가 다 떨어지겠어요."

"그 참, 할아버지라고 부르지 말라니깐."

"알았어요, 사과나무 할…… 아니 사과나무 아저씨. 그건 그렇고 어떻게 아저씬 제가 힘을 잃을 때가 가까워왔다고 생각하시는 거죠?"

"과거의 경험이 그렇게 이야기하고 있어. 경험이란 중요한 거지. 늙은이들은, 아니 난 늙은이가 아니지만. 좌우간 나처럼 나이가 들면 경험을 통해서 삶을 보게 된단다. 내 열매에 붉은 빛깔이 짙어질 때쯤 잠자리들이 힘을 잃기 시작한다는 걸 경험으로 난 알고 있단 말이야."

다시 사과나무가 측은하다는 표정을 짓습니다. 동정하는 눈길을 보내는 사과나무 때문에 자존심이 상한 푸른잠자리는 이제 나무 꼭대기에서 내려와 빙빙 허공을 맴돕니다.

"그건 잘못된 생각이에요. 사과나무 할, 아니 사과나무 아저씨. 난 이렇게 잘 날아다닐 수 있는 걸요. 그리고 아저씨 열매엔 아직 붉은 빛이 돌지 않아요. 토막토막 잘라서 먹을 만큼 크지도 않고요."

잠자리의 볼멘소리가 사과나무를 향해 날아갑니다. 사과나무 가지에 달려 있는 열매들이 잠자리의 말을 알아들은 듯 새파랗게 얼굴이 굳어지며 긴장합니다.

"아, 그건 아직, 그건 말이야……."

사과나무도 금세 당황한 표정을 짓습니다. 사과나무가 당

황하자 열매들도 덩달아 얼굴을 감추며 부끄러워 어쩔 줄
모릅니다.

"그건 아직, 열매가 아직 덜 익었기 때문이
야. 다 익으면 달라질 거야. 틀림없어. 그건 틀
림없는 사실이야."

손을 내저으며 변명하는 바람에 열매 하나가
툭, 바닥으로 떨어지고 맙니다. 떨어진 열매를 따
라 몇 개의 열매가 더 떨어질 듯 비틀거리고 있습니다. 깜짝
놀란 사과나무는 더 이상 움직이지 못하고 가지를 웅크릴
뿐입니다.

"그것 봐요 할아버지. 아니 할아버지가 싫다면 아저씨라
고 불러드릴 게요. 괜히 열매만 떨어졌잖아요. 떨어진 열매
를 다시 주울 수 없다는 것쯤은 저도 알아요. 잠자리채에 채
여 바닥에 떨어진 잠자리들이 다시 하늘을 날 수 없는 것처
럼 말이에요. 어쨌거나 아저씨에게 더없이 소중한 게 열매
라는 사실을 알았으니 됐어요."

"그, 그래. 그렇지만 서리가 내리기 전엔 트, 틀림없이 내
열매들은 붉은 빛깔을 띤 사과가, 먹음직한 사과가 될 거야.
올 여름 햇살을 제대로 못 받아서 그런 것뿐이야. 내 탓이

아니야. 저 게으른 태양 때문에 이렇게 되었단 말이야."

사과나무는 계속 변명을 하고 싶은가 봅니다. 태양 때문이라니? 태양이 게으르다니? 그건 말도 안 되는 소리입니다. 날마다 정확한 시간에 일어나고 정확한 시간에 지는 태양만큼 성실하기란 정말 쉬운 일이 아닙니다.

"그런 말 마세요, 아저씨. 올 여름 해님이 얼마나 부지런히 움직였는데요. 지금은 몰라도 해질 무렵엔 정말 그렇게 엉뚱한 이야기를 내뱉으면 안 돼요"

해가 중천에 높이 떠 있는 게 다행입니다. 석양 무렵에 하는 말은 자칫 태양이 들을 수도 있기 때문입니다. 휴식을 위해 고도를 낮추는 잠자리처럼 태양 역시 하루에 한 번 고도를 낮춰 땅 가까이 내려오기 때문입니다.

"좌우간 서리가 내리기 전 붉고 큰 열매들이 될 거야. 난 아직 젊은 사과나무니까."

누가 빼앗아가기라도 할까 봐 사과나무는 가지를 한껏 벌려 열매를 싸안습니다. 그런 사과나무의 모습은 왠지 인간의 욕심 많은 모습과 닮았습니다.

"도대체 서리가 뭐예요? 그건 비하고 다른 건가요?"

열매를 감싸안고 있는 사과나무를 보고 있기 민망해 푸

른잠자리는 화제를 돌립니다. 서리 역시 비처럼 하늘에서
오는 건가? 이슬비나 가랑비, 또는 실비나 소낙비 같은 비
가운데 하나인가? 올 여름 만났던 비 이름을 하나하나 떠
올리며 푸른잠자리는 서리가 비의 한 종류일 것이라 상상
합니다.

"아니야. 비가 아니야. 서리는 비하곤 달라. 비는 사계절
다 내리지만 서리는 그게 아니야. 서리란 하나의 신호지. 겨
울이 점점 가까이 오고 있다는 신호 말이야. 서리가 내리고
나면 머지않아 겨울이 오는 거지. 그건 나처럼 경험 많은 이
들만 알고 있는 사실이야. 저기 저 일년초들은 알 수 없는
일이지. 결코 서리가 올 때까지 날아다닐 수 있는 잠자리는
없어."

"뭐라구요? 서리가 올 때까지 날아다닐 수 있는 잠자리가
없다구요?"

"그래. 서리가 오기 전에 잠자리들은 다 이 세상을 떠난단
말이다."

"네?"

잘 이해가 되지 않는 소리였습니다. 이 세상을 떠나다니?
이 세상을 떠나 어디로 또 갈 곳이 있단 말인가? 넓은 하늘

을 날아다녀 봤지만, 잠자리는 이 세상 외에 다른 세상을 본 적이 없습니다.

"이 세상을 떠난다니? 그럼 대체 어디로 간단 말이에요?"

"죽는다는 말이다, 그건. 생명이 끝난다는 말이야. 설령 서리가 오기 전까지 살아 있다 해도 서리를 맞고선 더 배겨 낼 재간이 없어. 날개가 다 젖어버릴 테니까. 몸이 무거워 날 수도 없을 거고. 그게 바로 죽는 거야."

"생명이 끝난다구요?"

"그래."

"아니, 그럼 자유를 잃어버린단 말인가요?"

깜짝 놀란 푸른잠자리가 푸르르 날개 를 떨며 소리칩니다.

"그런 건 모르겠다. 애당초 나는 자유라는 걸 가져보지 못했으니까. 그러나 자유가 없어도 난 많은 경험이 있어. 오래 살 수 있 으니까. 죽고 나면 모든 게 다 끝인데 그까짓 자유가 무슨 소용이겠어. 어쨌거나 서리가 오기 전에 네 생명이 끝난다 는 건 맞는 말이야. 이건 내 오랜 경험이 하는 이야기지."

충격적인 말이었습니다. 잠자리 머릿속으로 갑자기 소리

지르며 날아오르던 나비의 말이 폭풍처럼 몰아칩니다.

　－생명이 없는 것은 아름답지 않다! 아름다운 것은 모두 살아 있는 것이다!

　잠자리는 날개에 기운이 쑥 빠져버리는 것을 느낍니다. 비행기를 쫓아가다 절망하던 때처럼 마음이 바닥으로 곤두박질치고 맙니다. 그런 잠자리를 지켜보고 있던 사과나무는 그제야 다시 보란 듯이 원기를 회복합니다.

　"그렇지만 내겐 그까짓 서리쯤은 문제될 것이 없어. 우리 사과나무들은 모두 머리 가득 서리를 이고 있던 적이 많았으니까. 그뿐인가 어디. 겨울이면 쏟아지는 눈을 고스란히 맞았던 적도 많아. 온몸에 하얗게 눈을 덮어쓰고 있었지. 얼어붙거나 좀 축축하긴 했지만 아무런 문제가 없었어. 그것만 봐도 내가 얼마나 젊었는지 알 수 있을 거야."

　쑥, 팔뚝이라도 내밀 듯 사과나무는 다시 자랑스런 표정을 짓습니다. 그러나 잠자리 귀엔 이제 더이상 사과나무가 하는 말이 들리지를 않습니다.

　생명이 다 한다니? 죽어서 이 세상을 떠난다니?

같은 말만 반복해서 자꾸 귓속을 울립니다. 비행기를 향한 열등의식에서 빠져나오자마자 잠자리는 곧 죽음이란 문제에 부딪힌 것입니다.

빗방울 하나

빗방울 하나

"그럼 아무도 울 엄마가
있는 곳을 모르는구나."
실망한 표정을 지으며 찬별이가 말합니다.
슬픈 듯 천천히 움직이는
아이 손가락을 보며 잠자리 가슴속엔
무거운 빗방울 하나가 돋아납니다.

"정말 찾아다닐 만큼 많이 찾아다
녔어."

푸른잠자리는 이제 풀이 죽어 있습
니다. 갈수록 자신이 없어지는 것입니다.
이러다간 정말 아이 엄말 찾기도 전에 서리가 내릴지도 모
른다는 불안이 점점 커지고 있습니다.

"희망을 잃진 마. 내가 더 열심히 찾아볼게."

실망하는 찬별이가 안타까워 잠자리는 다시 날개를 펴고
일어섭니다. 갈수록 자꾸 힘이 빠지는 걸 느낍니다. 날아가
다가도 문득문득 돌멩이 위로 내려앉고 싶을 때가 많습니
다. 시인 역시 초조하게 서성거릴 뿐 요즘은 시를 쓰는 것
같지도 않습니다.

"우리 엄만 노래를 잘 불렀어."

손가락을 움직여 수화를 하던 아이가 철길 쪽으로 뛰어갑
니다. 잔디 끝은 이제 누렇게 말라가고 있습니다. 가을이 점
점 더 깊어지고 있는 것입니다.

"엄마가 불러주던 자장가 소리가 들려."

찬별이가 하는 말을 얼른 이해하지 못한 잠자리가 어리둥
절한 표정을 짓습니다.

"난 엄마 입만 봐도 노래하는 걸 알 수 있어. 노래할 때 엄마 입을 크게 벌리거든. 이렇게 땅바닥에 귀 대고 있으면 엄마 노랫소리가 다 들려. 땅이 내 가슴에다 쿵쿵거리는 소릴 보내 주고 있으니까."

안타까운 마음으로 잠자리는 또 날아오르기 위해 허공을 봅니다.

"더 찾아볼게. 이번엔 그럼 안 가던 쪽으로 한번 가보고 올게."

엎드려 있는 찬별이를 향해 인사를 한 잠자리가 하늘로 날아오릅니다. 이번에는 단풍나무가 있는 쪽으로 가볼 생각입니다. 오렌지코스모스 생각 때문에 그동안 가보지 않던 곳입니다.

"이게 무슨 소리지?"

코스모스들이 있던 길 쪽으로 들어서자 울음소리가 들려 왔습니다. 놀란 잠자리는 재빨리 고도를 낮춰 울음소릴 찾아갑니다.

"아니, 단풍나무가?"

흐느끼고 있는 건 뜻밖에 단풍나무였습니다. 대낮부터 술을 마신 건지 얼굴이 빨개진 단풍나무가 소리내어 흐느끼고 있는 것입니다.

"왜 그러는 거니? 단풍나무야. 왜 이렇게 울고 있는 거니?"

푸른잠자리는 그동안 찾아보지 못한 친구에게 미안한 마음이 앞섰습니다.

"미안해, 단풍나무야. 내가 너무 무심했던 것 같아. 그동안 네 편지도 제대로 전해 주지 못하고……."

그동안 까맣게 친구를 잊고 있었다는 데 생각이 미치자, 푸른잠자리는 정말 미안함에 몸둘 바를 모릅니다. 마음을 전할 수 없어 시시각각 애태우는 그를 누구보다 잘 알고 있으면서도 말입니다.

"필요 없어. 이젠 다 필요 없어. 편지고 뭐고 다 필요 없게 됐다고!"

가지 위에 앉은 잠자리를 향해 단풍나무는 소리를 지르며 울부짖습니다. 우수수, 소릴 내며 단풍잎이 떨어집니다. 발밑엔 이미 빨갛게 물든 단풍잎들이 수북이 쌓여 있습니다.

"아, 아니, 단풍나무야. 왜 그러니? 진정해. 내가 잘못했어. 정말 내가 너무 무심했어."

"분홍코스모스가, 분홍코스모스가……."

단풍나무는 마침내 엉엉, 소리를
내며 통곡하기 시작합니다.

얼른 고개를 돌린 푸른잠자리는 분
홍코스모스를 찾기 위해 두리번거립니다.

"아니?"

깜짝 놀란 목소리로 푸른잠자리가 단풍나무를 쳐다봅니
다. 아무것도 보이는 것이 없기 때문입니다. 늘 그 자리에
서서 긴 목을 하늘거리고 있던 분홍코스모스가 흔적도 없
이 사라져버린 것입니다.

"아니? 이게 어떻게 된 일이니? 도대체 이게 어떻게 된 일
이야?"

놀라서 흔들어대는 푸른잠자리의 기세에 단풍잎 몇 장이
더 떨어집니다.

"그 미친 녀석이, 그 미친 녀석이 와서 꺾어가 버렸어. 제
여자에게 주기 위해 그 미친 녀석이 분홍코스모스를……."

그제야 푸른잠자리는 상황을 짐작할 수 있습니다. 가을이
되기도 전부터 군데군데 피어나던 코스모스들이 다 꺾여버
리고 없는 것입니다.

─죄 없는 꽃을 함부로 꺾어가다니!

치솟는 울분을 삭이지 못해 씩씩거리던 푸른잠자리는 갑자기 불길한 생각에 호흡이 정지되는 것 같습니다.

"아니, 그럼 혹시?"

오렌지코스모스 생각이 난 것입니다. 오렌지코스모스 또한 분홍코스모스 못지 않게 인간들이 탐낼 만한 미모를 가지고 있기 때문입니다.

"단풍나무야, 미안해. 잠깐만, 다녀올 데가 있어. 잠깐만……."

날개를 거꾸로 단 듯 허둥대며 푸른잠자리가 날아간 곳은 오렌지코스모스가 있는 곳입니다.

"아니, 푸른잠자리 씨. 왜 이렇게 늦게 오셨어요? 왜? 왜?"

푸른잠자리를 보자 일제히 소릴 지른 건 길가의 잡초들입니다. 취로사업 나온 아줌마들처럼 뽀얗게 먼지를 덮어쓴 잡초 뒤로 맨몸을 드러내고 있는 황토를 보는 순간 잠자리는 눈앞이 캄캄해졌습니다.

"아, 아니 이게 도대체? 이게 어떻게 된 일이야?"

망연자실 푸른잠자리는 할말을 잊어버립니다. 보여야 할 오렌지코스모스의 모습이 어디에도 보이질 않는 것입니다.

"포크레인이 그랬어요. 포크레인! 인간이 조종하는 기계 말이에요. 하마터면 우리도 다 뽑혀나갈 뻔했어요. 아니, 내일이면 우리도 뽑혀 나갈지 몰라요. 포크레인이 오렌지코스모스를 뿌리째 갈아 엎어버렸어요. 그동안 그애가 얼마나, 얼마나 푸른잠자리 씨를 기다렸는데……."

"저, 저를 기다렸다고요?"

"그럼요. 어쩜 그렇게도 여자의 마음을 몰라주세요?"

"여자의 마음을 몰라주다니요?"

"푸른잠자리 씨를 보내고 나서 그애가 얼마나 서운해 했는데요."

"서운해 하다니요? 비행기한테 편지 배달을 하지 않는다고 토라지던 오렌지코스모스가?"

"기가 막혀! 푸른잠자리 씬 정말 답답한 분이시군요. 그애가 어디 편지 보낼 데가 없어 비행기 같은 쇳덩어리한테 편지를 보내겠어요?"

새로운 사실에 놀란 잠자리는 풀썩 바닥으로 내려앉고 맙니다. 뺨 위론 주르르, 눈물이 흘러내립니다. 비행기가 살아 있는 생명체가 아니라는 사실을 오렌지코스모스가 알고 있었다니.

"정말 그녀가 절 기다렸단 말입니까?"

"정말이고 말고요."

"그럼 그땐 왜 그렇게 쌀쌀맞게 굴었을까요?"

"몰라도 너무 모르시는군요. 여잔 다 그래요. 그렇게 튕기는 걸 그앤 자존심을 살리는 길이라 여겼단 말이에요."

기가 막힌 푸른잠자리는 그만 날개를 뻗대고 흐느끼기 시작합니다. 아무것도 모르고 그저 열등의식에 어쩔 줄 몰라했던 스스로가 그렇게 어리석게 느껴질 수가 없습니다.

"화무십일홍이라고 한번 핀 꽃은 지게 마련이지. 그렇게 슬피 울 것까진 없다."

그때, 울고 있는 잠자리를 놀리듯 누가 천연덕스럽게 말을 건네 왔습니다. 흐르는 눈물을 닦으며 푸른잠자리는 소리나는 쪽으로 고개를 돌립니다. 나무 아래 누군가가 잠자리를 쳐다보고 있습니다.

"누, 누구세요?"

울먹거리는 목소리로 잠자리가 물었습니다.

"누구긴? 이젠 정말 내 목소리까지 잊어버렸구나?"

소리 임자는 뜻밖에 매미였습니다. 푸른잠자리가 곤경에
빠질 때마다 나타나던 매미. 그런 매미가 나무 아
래 누운 채 잠자리를 보고 있는 것입니다.

"아니, 아저씨? 매미 아저씨가?"

"왜? 아직까지 살아 있는 게 신기하냐?"

"아, 아니에요, 매미 아저씨. 새로운 삶을 준비한다며 떠
나셨잖아요?"

"그래. 새로운 삶을 준비했지. 이젠 그 준비도 끝났어."

"준비가 끝났다고요?"

울어서 빨개진 눈으로 잠자리가 매미를 쳐다봅니다.

"그래. 누구나 새롭게 준비한 삶을 위해 떠나야 하는 거
지. 오렌지코스모스도 마찬가지야. 그러니 너무 슬퍼할 건
없다."

"네?"

"원래 삶이란 죽음에 의해 완성되는 거란다."

"그건 또 무슨 말씀이세요?"

"오랫동안 땅 속에서 세월을 보냈기 때문에 누구보다 난
죽음에 대해 잘 알지. 죽은 것들은 대체로 땅 속에 묻히기
마련이거든."

그 말은 사실입니다. 무려 6년이란 세월을 땅 속에서 보낸 뒤 비로소 성충이 된 매미의 이력을 곤충사회에선 모르는 이가 없습니다.

"땅 속에 있는 우리들을 인간들은 굼벵이란 이름으로 멸시하곤 하지. 그렇지만 자그마치 17년 동안이나 땅 속에서 굼벵이 생활을 하는 매미가 있다는 걸 알면 아무리 인간이라도 놀라고 말걸. 그런 고생 끝에 성충이 된 우리가 지상에서 누릴 수 있는 수명이 얼마인 줄 아니?"

"?"

"평균 2주 정도. 길어야 3주를 넘지 못하지. 거기 비하면 난 장수한 셈이야. 친구들이 죽는 걸 처음 봤을 땐 나도 너처럼 소리쳐 울기만 했어. 한여름 내내 울어대는 매미들의 노래엔 다 그런 사연이 있는 거야."

가슴이 찢어지는 걸 느끼면서도 푸른잠자리는 매미 말에 귀를 기울입니다. 철학자 같은 매미 입에서 혹시 오렌지코스모스를 살려낼 방법이 나오지는 않을까 하는 엉뚱한 기대를 가지고 말입니다.

"만약에 죽지 않고 영원히 살 수 있다면 어떻게 될까? 그건 일종의 재앙이야. 보기 싫은 자를 영원히 봐야 한다고 생

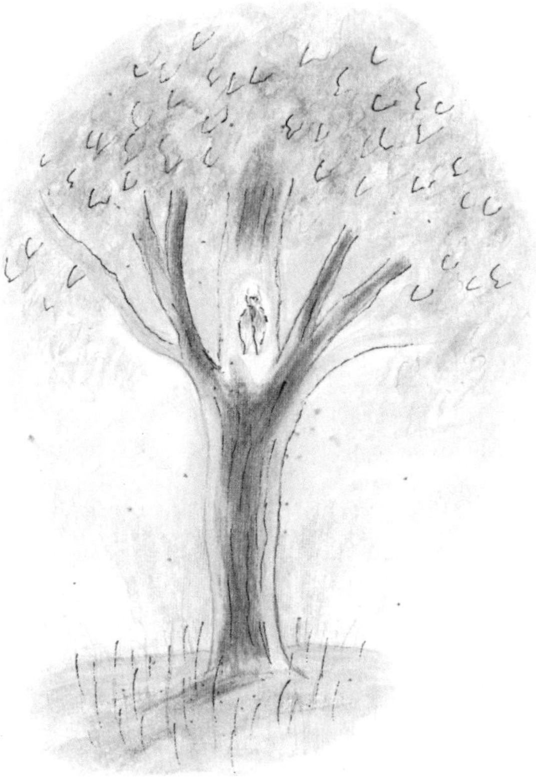

각해 봐. 그것만 해도 괴로운 일이지. 너 역시 거미만 보면 진저리가 나잖아. 네 몸을 꽁꽁 묶어버릴 거미줄을 생각해 봐. 이름만 들어도 끔찍한 거미를 영원히 봐야 한다면 어떨까? 그래도 더 살고 싶은 생각이 들까?"

정말 생각하기도 싫은 끔찍한 일입니다. 거미 생각을 하는 순간 푸른잠자리는 진저리를 칩니다.

"그런 재앙을 방지하기 위해서 자연은 생명 있는 것들에게 죽음이란 장치를 마련해 둔 거야. 죽음이란 삶에 대한 일종의 안전장치인 셈이지. 죽음을 통해 우린 모든 낡은 것들로부터 벗어날 수 있으니까. 그러니 죽음 앞에서 그렇게 슬퍼할 필요가 없어. 어차피 너나 나나 다 죽음을 맞이하게 돼. 죽음엔 예외가 없어."

"그, 그럼 사과나무는요? 사과나무도 죽게 되나요?"

죽는다는 말을 처음 가르쳐준 사과나무가 떠올라 잠자리는 그것부터 물어봅니다. 세상의 모든 것이 다 죽는다 해도 사과나무는 자신은 영원히 죽지 않을 것이라 생각하고 있으니까요.

"사과나무든 거미든 죽는 건 마찬가지야."

"거미두요?"

"그럼. 죽음엔 예외가 없어. 생명이란 마찬가지니까. 모든 생명은 평등한 거야. 그러니까 우린 누구 할 것 없이 모두 시한부 삶을 살고 있는 거지. 시한부인 만큼 삶은 더 소중한 것이고. 여기저기 줄을 쳐두고 우릴 뜯어먹으려 기다리는 거미의 삶도 소중하긴 마찬가지야. 먹고 먹히는 건 모두가 똑같으니까. 따지고 보면 우린 모두 누군가의 희생을 통해 자신의 삶을 유지하고 있어. 먹고 먹히는 관계 자체가 사실은 삶의 질서이거든. 너 역시 많은 벌레들을 잡아먹으며 살아왔지 않니."

"그렇지만……."

"그건 미물일 뿐이고, 넌 해충만 잡아먹었다고 말하고 싶은 거냐?"

"……."

"그건 사실 변명에 지나지 않는 거란다. 해충이란 것도 알고 보면 우리 기준에서 정해진 것이 아니라 순전히 인간의 기준에 의해 정해진 것이니까. 그들 필요에 따라 멀쩡한 벌레들이 해충으로 분류되거나 잡초라는 이름으로 많은 풀들이 뽑혀나가기도 하지. 힘 가진 자들에 의해 정해진 질서는 참된 질서가 아니야. 그건 단지 질서라고 호도 되는 폭력일 뿐이지."

그 말을 들은 잠자리는 비로소 자신이 잡아먹었던 벌레들에게 미안한 마음을 갖습니다. 자신의 생명을 유지하기 위해 잠자리 역시 무수한 생명들을 뺏어왔으니까요.

"그렇지만 죄책감에 시달릴 수만은 없는 일이야. 자연의 이치가 그런 거니까. 벌레를 먹어야 살 수 있는 네가 나처럼 나무 즙만 빨아먹고 살 순 없잖아?"

"그건 그렇지만, 아저씨 말을 듣고 보니 세상은 정말 불합리한 이치에 의해 움직여지고 있다는 생각이 드는군요."

"그렇지. 그러나 따지고 보면 그게 꼭 불합리한 것만은 아니란다. 그렇게 해서 자연은 항상 신선함을 유지하는 거니까. 먼저 난 것은 가고, 새로운 것이 태어나는 순환을 통해서 말이야. 그런 법칙에 순응하지 않으려 드는 것은 인간밖에 없단다."

"인간이 그렇게 나쁜 건가요?"

"나쁘다기보다 남을 배려하지 않는 욕심 많고 무지한 것들이 많지. 몸에 좋다면 자신들이 해충이라고 업신여기던 벌레나 징그럽다고 멸시하던 뱀까지 잡아먹는 동물이 인간

이니까. 오래 살기 위해 제 몸 속의 피까
지 젊은 사람의 것으로 갈아넣기도 하고.
자연의 입장에서 보면 인간이야말로 해충이
지. 그러나 그렇게 몸부림친다 해도 죽음 앞엔 별 수 없어.
그렇게 욕심 많은 인간들이 지배하는 세상에서 죽음이 없
다면 어떻게 되겠니? 자연은 뿌리째 뽑혀 남아날 수 없지.
그나마 죽음이라는 장치가 있으니 낡은 것들이 가고 새 것
들이 나는 거야. 그래서 죽음을 통해 삶이 완성된다는 이치
가 성립되는 거란다. 죽음이란 일종의 목욕 같은 거라고 난
생각해. 깨끗한 몸으로 다시 태어나기 위한 목욕."

긴 이야기를 토해 낸 매미는 가만히 허공을 올려다봅니다.

"하늘은 여전히 푸르기만 하구나. 넌 내가 여기 왜 이렇게
누워 있다고 생각하니?"

"?"

"나도 이제 옷 벗을 때가 된 거야. 낡은 옷을 갈아입을 때
가 됐단 말이지. 몇 분 뒤면 난 호흡을 멈추게 될 거야. 아니
몇 초 뒤가 될지도 몰라. 그렇지만 조금도 두렵진 않아. 죽
음을 두려워하는 것 역시 곤충보다 인간들이 더 심해. 그들
은 한 번도 땅 속에서 오랜 시간을 보낸 적이 없으니까."

호흡을 고르는 듯 말을 멈추던 매미는 이윽고 푸른잠자리
의 손을 끌어당겨 제 가슴에 놓습니다.

"너무 슬퍼하지 마라, 푸른잠자리야. 사랑은 이기적인 욕
망을 극복하는 방법이란다. 남녀 간의 사랑이란 대체로 이
기심의 또 다른 형태일 경우가 많거든. 이제 너 자신을 가두
는 이기적인 사랑에서 벗어나 더 큰 사랑을 배우거라."

"큰 사랑이요?"

"그래. 큰 사랑이란 자신을 죽이는 거란다. 스스로의 존재
를 죽일 때 비로소 참된 자기가 발견되는 법이지. 사랑을 통
해 남에게 자신을 주는 법을 배우거라. 삶이 소중한 건 가슴
속에 사랑을 키우고 있기 때문이다."

말을 마친 매미의 호흡이 점점 빨라지기 시작합니다. 정
말 생명이 빠져나갈 순간이 가까워진 모양입니다.

"아, 아저씨. 매미 아저씨!"

갑자기 당한 일에 푸른잠자리는 오렌지코스모스를 잃은
슬픔도 잊은 채 어찌할 바를 모르고 갈팡질팡합니다.

"이 일을 어떡해? 아, 아저씨. 의사를, 의, 의사를 불러야
되는데……."

"내 몸은 내가 안다. 의사는 필요 없어. 생명이 빠져나가

면 내 몸은 따로 또 필요로 하는 데가 있어. 곤충 가운데 가
장 부지런한 것들이 나를 데리러올 거야. 그들은 내 몸을 양
식으로 삼아 겨울을 나야 한다. 지금까지 난 그걸 준비하러
다녔어."

"네?"

"마지막으로 내놓을 건 낡은 이 몸뚱이밖에 없더구나."

말을 마친 매미는 크게 눈을 치켜 뜬 뒤 곧 호흡을 멈추
고 맙니다. 운명이 다한 것입니다. 어쩔 줄 모르며 쩔쩔 매
고 있는 잠자리 귀에 사르륵거리며 기어오는 발소리가 들
립니다.

개미 떼였습니다. 미리 약속을 해둔 건지 정확한 시간에
개미들이 몰려온 것입니다. 곤충 중에 가장 부지
런한 것들이라던 매미의 말을 떠올리며
잠자리는 개미를 피해 나무 위로 날
아올랐습니다.

꼬끄까참새

꼬까참새

중얼거리는 소리에 놀라 눈을 뜨자
햇살이 비치고 있습니다.
밤새 잠 못 이루다가
새벽녘에야 잠이 들었던 모양입니다.
"이젠 이까짓 이슬에도 한기가 드네."
이슬을 털어내며 투덜거리는 사과나무 소리가 들립니다.
어쩌다 푸른잠자리는
사과나무 가지에 앉아 잠들었던 것입니다.

─남에게 자신을 주는 법을 배워야 한다!

눈을 뜨는 순간 매미가 했던 말이 떠오릅니다.

밤새도록 생각했던 말입니다. 잠도 자지 않고 며칠 밤을 생각하고 또 생각했던 말입니다.

그 말을 떠올릴 때마다 오렌지코스모스 생각이 나 가슴이 아픕니다. 오렌지코스모스를 위해 아무것도 해준 것이 없다는 생각이 자꾸 마음의 상처를 건드립니다.

"날 멸시하더라도 그 자리에 그대로 있어 주기만 하면 좋겠어. 그렇게 도도하던 모습도 이젠 볼 수가 없어. 세상의 꽃들이 다 사라져버린 것 같아."

어젯밤 찬별이에게 푸른잠자리는 그런 말을 했습니다.

"아니야, 아니야. 아무것도 사라진 건 없어."

힘이 빠진 잠자리를 바라보며 찬별이는 그게 아니라고 고개를 저었습니다.

"사라진 건 아무것도 없어. 단지 우리 눈에 보이지 않는 것뿐이야. 다시 돌아오기 위해서야 그건. 다시 돌아오기 위해 그렇게 잠시 없어지는 거란 말이야."

소리라도 지르듯 바쁘게 찬별이의 손이 움직였습니다. 뭔가 소리 지르고 싶은 일이 있을 때 찬별이가 하는 방식입니

다. 말을 못하는 아이는 그렇게 바쁘게 손가락을 움직여 외치는 것입니다.

　　　　　　　　"부딪치지 마, 부딪치지 마. 산은 그렇게 말
　　　　　　　하고 있어. 달빛이 자꾸 부딪치면 잠을
　　　　　　　잘 수 없거든. 달빛이 환한 밤엔 눈이
　　　　　　　부셔 산은 잠을 이루지 못해."

　　　　　　　춤추듯 움직이던 손가락이 달을 가리
키며 말했습니다. 맥 빠진 잠자리를 위로하고 싶었던지 어젯밤 찬별이의 손가락은 쉬지 않고 움직였습니다.

"저렇게 밝을 땐 달도 기분이 좋다는 얘기야. 바람이 몹시 불땐 별들도 추워서 잠을 못 자지. 추운 날 별들이 더 초롱초롱하게 보이는 것도 다 그 때문이야. 기분이 상한 날 바람은 사납게 소릴 질러대곤 해. 모두들 그렇게 제 방식대로 마음을 표시하고 있는 거야. 산이나 나무들은 색깔로 말을 해. 옷 갈아입을 때가 가까워오면 온 산이 빨갛게 물드는 것도 그 때문이야. 그땐 옷을 갈아입어 줘야 돼. 머지않아 겨울이 올 테니까 말이야."

그제야 잠자리는 빨갛게 물들어 있던 단풍나무가 술이 취한 게 아니었다는 사실을 알게 됩니다. 발 밑에 수북하게 쌓여 있던 이파리 또한 옷 갈아입을 때가 되어 그랬던 것이라는 사실을 비로소 깨닫게 된 것입니다.

"귀 대고 들어봐. 그러면 친구들의 소리가 들릴 거야. 네 친구들은 아무도 사라지지 않았어."

어느새 바닥에 엎드린 아이가 손짓하며 푸른잠자리를 불렀습니다. 멀리서 달빛을 받은 레일이 반짝반짝 은빛으로 빛나고 있습니다.

"누군가의 가슴에 남아 있는 한 아무것도 사라지는 것은 없어. 돌아갈 뿐이야. 엄마는 그걸 순환이라고 불렀어. 아침 이슬이 공기 속에 섞이는 것처럼. 그래서 물기를 머금은 그 공기가 다시 차가운 기운과 만나 이슬로 내리는 것처럼 말이야. 모든 건 그렇게 돌아가는 것뿐이야. 마음속에 기다림이 있는 한 아무것도 사라지지 않아. 꽃들도 봄이 되어 다시 돌아오기 위해 그렇게 떠날 뿐이야."

매미가 했던 말과 비슷한 얘기였습니다. 침묵을 통해 아이는 놀랄 만큼 조숙해졌나 봅니다. 푸른잠자리는 곰곰이 지나온 삶을 되돌아봤습니다.

"난 이제 쓸모없는 나무야! 내 열매들은 익지도 않고 다 떨어졌을 뿐이야!"

사과나무의 고함소리를 듣고 잠자리는 다시 현실로 돌아옵니다.

"넌 밤새도록 내 가지 위에 앉아 있었어. 그렇게 여관 구실이나 할 뿐 난 이제 제대로 된 열매 하나 생산하지 못하는 쓸모없는 나무란 말야!"

자학하듯 사과나무가 울먹거리기 시작합니다. 채 자라지도 못하고 떨어진 사과 열매들은 바닥에 쌓인 채 썩어가고 있습니다. 깜짝 놀란 푸른잠자리가 사과나무를 향해 소릴 지릅니다.

"아, 아니예요. 아니예요, 사과나무 할, 아니 사과나무 아저씨. 왜 그런 생각을 하는 거예요. 아저씬 쓸모없는 나무가 아니예요."

"아니긴 뭐…… 다 알고 있어. 이제 아저씨라고 부르지 않아도 돼. 난 늙은 게 사실인 걸. 이름만 사과나무일 뿐 제대로 사과도 만들어내지 못하는 주제에 늙지 않았다고 고집부리는 건 바보 같은 짓이야."

"하지만 아저씨, 아니 할아버지. 할아버진 아직도 한참 더

사실 수 있잖아요."

"더 살 수 있다고? 내가?"

"그럼요. 사과를 만드는 건 이제 젊은 사과나무들에게 맡기시면 되잖아요. 할아버진 할아버지대로 따로 할 일이 있을 거예요."

"어떤 일?"

변덕을 부리듯 사과나무의 얼굴에 금세 생기가 살아납니다.

"할아버지의 경험을 젊은 나무들에게 가르쳐주는 일. 그런 것도 좋지 않을까요? 젊다는 건 매사에 서툴다는 말이니까요. 삶에 서툰 젊은이들에게 가르침을 베푸는 것. 그게 할아버지 몫이 아닐까요."

"그것 참 좋은 생각이구나. 가르침을 베푼다? 네 말이 맞아. 서툴다는 건 남을 배려하지 않고, 남에게 상처를 주기쉽지. 그건 이기적이기 때문이야. 요즘 젊은 것들은 지나치게 똑똑해서 탈이거든. 젊음이란 게 서툴지 않으면 영악스러우니 원……. 우리 젊을 땐 그래도 어수룩한 구석이 있어좋았는데……."

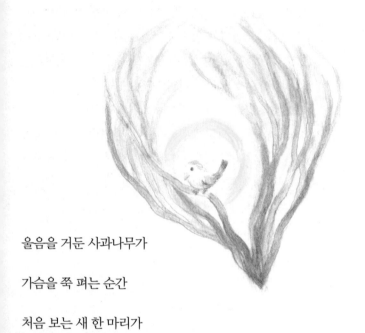

울음을 거둔 사과나무가

가슴을 쭉 펴는 순간

처음 보는 새 한 마리가

사과나무 가지 위로 내려앉습니다.

"두 분이 이야기하는 모습이 보기 좋군요."

처음 보는 새는 그렇게 말했습니다. 새를 본 잠자리는 본능적으로 움츠러들다가 이내 기다리던 기회가 찾아왔구나, 생각합니다. 끝내 찬별이 엄마를 찾지 못한 것이 마음에 걸릴 뿐 더 아쉬울 것도 없는 삶입니다.

─내일부터 아빠 일거릴 찾아나설 거라고 하셨어.

어젯밤 찬별이는 그렇게 말했습니다. 바쁘게 손가락 움직이는 찬별이 곁에서 시인은 아무 말도 하지 않고 서 있기만 했습니다. 뭔가를 준비하는 잠자리처럼 시인도 뭔가를 준비하는 것 같았습니다.

"넌 이름이 뭐냐?"

처음 본 새에게 사과나무가 물었습니다.

"꼬까참새예요."

새가 대답했습니다.

"꼬까참새? 그것 참, 이름 한번 예쁘구나. 물론 네 할아버지가 지은 이름이겠지? 그렇게 좋은 이름을 지을 수 있는 것도 다 오랜 경험 때문이란다."

생기를 되찾은 사과나무는 다시 잘난 체하는 버릇을 드러내기 시작합니다.

"아니에요, 사과나무님. 제 이름을 지어준 건 제 할아버지가 아니에요. 새들의 이름은 다 인간들이 지은 거죠. 처음엔 농부들이 이름을 짓다가 요즘엔 학자들이 많이 짓는답니다."

"학자?"

"네. 학자 중에서도 조류학자."

"조류학자? 농부란 이름은 들어봤어도 그건 처음 듣는 이름이네?"

"새 이름을 지어주며 먹고사는 사람들이죠. 우리 발목에 가끔 고리를 채워놓기도 해요. 그들은 반지라고 우기지만 반지가 아니라 그게 고리라는 걸 우리는 잘 알고 있어요. 그렇지만 사냥꾼보다는 훨씬 선량한 사람들이죠. 총 대신 주로 카메라나 망원경을 들고 우릴 찾아다니니까요."

"발목에 고리를 채워?"

처음 듣는 이야기에 솔깃해진 사과나무가 꼬까참새를 바라봅니다.

"말하자면 운항일지 같은 거죠. 인간들은 내가 어디서 출발해 어디로 왔는지 고리를 보고 알아내거든요. 우린 멀리멀리 바다 건너까

지 장거리 여행을 하니까요."

"바다 건너?"

바다 건너라는 말에 솔깃해진 건 잠자리였습니다. 언젠가 기차에게 들은 적이 있던 말입니다. 비행기와 마찬가지로 사람을 실어나르지만 자긴 바다를 건너는 일이 없어 다행이라며 기차는 안도의 숨을 내쉬었습니다.

"꼬까참새야, 바다를 건너면 뭐가 있는데?"

참새를 향해 한 걸음 다가서며 잠자리가 물었습니다.

"또 다른 세상이 있지. 멀고 먼 곳에 따뜻하고 넓은 땅이 있어."

"넌 그렇게 먼 곳까지 단숨에 날아가니?"

바다를 건널 만큼 먼 거리를 날아가 본 적이 없는 잠자리 역시 꼬까참새의 이야기가 신기하게 느껴집니다.

"아무리 큰 새라도 단숨엔 힘들어."

노란색 턱을 까닥거리며 꼬까참새가 대답합니다.

"그럼?"

"가다가 섬에서 쉬어가기도 하고 그러지."

"섬이 뭔데?"

"바다 가운데 있는 휴게소야. 인간들이 만들어놓은 고속도로에도 휴게소라는 게 있잖아. 인간들이 차를 세워놓고 먹고 마시기 위해 들르는 곳 말이야. 음식을 갖다놓고 사거나 팔거나 하면서. 인간들의 휴식이란 사고 파는 일이니까. 그걸 하지 않으면 인간들은 불안해하지. 그래서 우린 인간을 경제적 동물이라고 불러."

"경제적 동물?"

"응. 경제적 동물이란 사고 파는 것밖엔 모르는 동물을 뜻하는 말이지. 계산만 맞으면 마음까지도 사고 팔 수 있는 것들이 인간이야. 가지고 있으면서도 더 가지려고 하는 동물도 그들밖엔 없어. 휴게소라 이름만 붙여놓았을 뿐 인간들은 쉬어갈 줄도 몰라. 쉬는 방법을 잊어버린 게 그들이지. 한순간도 마음을 쉴 수 없어 인간은 늘 바쁘기만 해. 그러나 새들의 휴게소는 그것과는 달라. 아무것도 사고 파는 것이 없으니까."

넓은 세상을 본 꼬까참새는 아무래도 아는 게 많습니다. 먼 거리를 날아갈 수 없는 자신의 날개보다 크고 튼튼한 꼬까참새의 날개가 부러운지 푸른잠자리는 계속 질문을 합니다.

"그런데 말이야. 그런데 넌 왜 날 잡아먹질 않니?"

푸른잠자리가 묻고 싶었던 이야기는 그게 본론일지 모릅니다. 지금까지 그 이야기를 꺼내기 위해 변죽만 울렸을 뿐입니다.

"잡아먹어? 내가 널? 왜?"

"새들은 잠자리 요릴 좋아하잖아."

그 말을 들은 꼬까참새는 짹짹거리는 소릴 내며 웃음부터 터뜨립니다.

"웃기지 마. 잠자리도 요리라고 할 수 있니? 난 비린내 나는 건 안 먹어. 내가 즐기는 건 식물성 음식이야. 식물의 종자 같은 깨끗한 걸 난 좋아한단 말이야."

뜻밖의 말이었습니다. 하기야 처음 보는 새의 식성을 알지도 못하면서 무조건 육식으로 몰아붙인 건 예의에 어긋나는 일입니다.

"미안해. 난 네가 육식을 좋아하는 줄 알았어."

"넌 아마 육식을 하는 새만 본 모양이구나."

"잡아먹힐까 봐 두려워서 그랬어. 잠자리를 주식으로 하는 새들도 많으니까."

"난 순수한 채식주의자야. 그리고 나그네새지. 널 잡아먹을래야 잡아먹을 시간도 없어. 곧 길을 떠나야 하니까. 추위가 닥치기 전에 빨리 따뜻한 남쪽으로 가야 해."

그 말을 마친 꼬까참새는 정말 떠날 듯 푸르르, 날개를 펴며 고개를 쳐듭니다.

"아, 아니야. 잠깐! 잠깐만!"

얼른 꼬까참새를 가로막으며 잠자리가 소리쳤습니다.

"응? 왜?"

"미안하지만 날 잡아먹을 새를 소개해 주고 떠날 순 없겠니?"

"널 잡아먹을 새?"

이상하다는 듯 꼬까참새는 고개를 갸우뚱거립니다.

"잠자리 요리를 좋아하는 새를 소개해 달라는 부탁이야. 그래서 나를 보기만 하면 바로 잡아먹을 수 있는 새."

"이상한 아이구나. 잡아먹을 새를 소개해 달라니? 왜 그러는 거니? 넌 왜 잡아먹히고 싶어하는 거니?"

"바다를 건너고 싶어서."

"바다를 건너고 싶다고?"

"응. 잡아먹히면 그 새의 뱃속으로 들어갈 거니까."

"새의 뱃속에 들어가 바다를 건너겠다 그 말이니?"

"응."

그러나 푸른잠자리의 생각은 그게 아니었습니다. 가슴 깊이 품은 생각을 함부로 말하고 싶지 않았을 뿐, 그는 지금 마음먹은 바가 있는 것입니다.

"그러면 철새를 소개해야 되겠구나?"

"철새?"

"바다를 건너가는 건 철새니까."

"그럼 철새들은 육식만 하고 채식은 하지 않는 거니?"

"꼭 그렇지만은 않아. 나 같은 채식주의자도 있지만, 대체로 이것저것 닥치는 대로 먹는 걸 좋아해."

"육식성이면서도 그럼 꽃씨를 먹는 새도 있니?"

"그런 새야 많지."

"그런 새를 소개해 줄 수 없겠니? 기왕이면 그런 새에게 잡아먹히고 싶어."

"정말 이상한 아이로구나. 잡아먹히고 싶어하는 것도 이해하기 힘든데 식성까지 까다롭게 따지다니?"

고개를 갸우뚱거리며 생각에 잠기던 꼬까참새는 한참 후에 입을 열었습니다.

"정 네가 원한다면 소개해 줄 순 있어. 그 친군 특히 잠자리 요릴 즐기니까. 그리고 꽃씨나 곡식의 씨앗도 즐겨 먹지. 그렇지만 그애도 벌써 남쪽으로 떠났을지도 몰라."

"이름이 뭔데?"

"개개비야. 나보다 덩치가 큰 새지."

둘의 이야기를 듣고만 있던 사과나무가 끼여든 건 그때였습니다.

"떠나지 않았어 개개빈 아직. 어제도 내 가지에서 쉬다 갔는 걸 뭐. 며칠 안으로 떠날 거라며 작별인사를 하러 다니는 길이긴 했지만."

사과나무를 보는 잠자리의 표정이 환해졌습니다.

"역시 할아버진 쓸모 있는 나무가 분명하군요. 그러니까 새들이 다 할아버지한테 와서 휴식을 취하지. 어디 가면 개개비를 만날 수 있을까요 할아버지."

"그건 모르지. 나야 이 근처밖에 더 아는 데가 있어야지. 늘 한 곳에만 박혀 있으니까 말이야."

다시 불만스런 표정을 지으며 사과나무가 고개를 젓습니다.

"걱정하지 마. 그건 내가 알아."

알 수 없다는 표정으로 고개를 갸우뚱거리던 꼬까참새가 말했습니다.

"떠나지만 않았다면 개개빈 물가에 있을 거야. 강이나 호수 같은 델 가면 만날 수 있지. 헤어스타일에 신경을 쓰느라 늘 무스를 발라 머리를 바짝 세우고 다니는 새가 바로 개개비야. 갈색 옷을 입고 입술엔 황갈색 루즈를 바르고."

잠자리 머릿속으로 퍼뜩 들꽃에게 편지를 전하러 가던 강변이 떠올랐습니다. 한때 시인이 밤마다 찾아가 소리를 질러대던, 개나리 나무가 늘어서 있는 그 강변 말입니다.

"강가로 찾아가 봐. 남쪽으로 떠나지 않았으면 개개빈 분명 그 어딘가에 있을 거야. 그럼 안녕! 난 이만 갈게. 바다를 건너다 개개비를 만나면 뱃속에 네가 들어 있는 걸로 알게."

그런 말을 남기고 꼬까참새는 떠났습니다. 사과나무에게 작별을 고한 잠자리도 마음을 정리하며 강을 향해 날아갑니다. 강을 떠올리자 문득 찬별이의 엄마를 찾아다닐 때 봤던 장면 하나가 떠오릅니다.

철교가 있는 강에 갔을 때 봤던 일입니다.

"웬 사람이 교각 위에?"

길게 꼬리를 물고 있는 자동차 행렬을 내려다보던 푸른잠자리는 교각에 사람이 올라가 있는 것을 발견하고 깜짝 놀랐습니다.

남루한 옷차림의 사내였습니다.

"내려와요, 내려와!"

막 강 위로 뛰어내릴 듯 신발을 벗고 있는 사내를 향해 사람들이 소리를 지르고 있었습니다. 그러나 밑에서 벌어진 소동에 아랑곳하지 않고 사내는 비장한 표정으로 한 발 한 발 교각 끝을 향해 걸어나갈 뿐입니다.

상황의 심각성을 깨달은 푸른잠자리가 쏜살같이 사내를 향해 날아갔습니다.

"아저씨, 뛰어내리지 마세요. 뛰어내리면 안 돼요! 아저씬 잠자리가 아니예요. 아저씬 날개가 없잖아요."

그 순간 사내가 힐끗, 잠자리를 쳐다봤습니다.

웬 잠자리가?

사내의 눈은 그렇게 말하는 것 같았습니다. 그러나 사실은 그게 아닐지도 모릅니다. 그런 상황 속에서 눈에 뵈는 게 뭐가 있겠습니까.

─이것만이 유일한 출구다! 뛰어내리기만 하면 모든 것이 끝난다! 뛰어드는 순간 모든 고통에서 벗어날 수 있다!

사내의 귀엔 그렇게 유혹하는 강물소리가 들렸던 건지도 모릅니다.

어쩌면 찬별이의 아빠 역시 그런 유혹에 빠진 적이 있었을지 모릅니다. 그 역시 막막한 상황에 놓여 있긴 마찬가지입니다. 개나리꽃이 흐드러지게 피어 있는 강가에 나가 그렇게 소리를 질렀던 것도 그 때문인지 모릅니다.

푸른잠자리는 이제 교각 위를 걸어가던 사내의 막막한 심정을 이해할 수 있을 것 같습니다.

자살하는 사람의 심정…….

그러나 그건 아닙니다. 제 스스로 개개비를 찾아가고 있지만 푸른잠자리는 결코 자신이 하려는 행동이 자살 같은 것이라

생각하진 않습니다.

　−삶이 소중한 건 가슴속에 사랑을 키우고 있기 때문이
다!

　다시 매미가 남긴 말이 귓가에 울려옵니다. 푸른잠자리는
지금 매미가 했던 말을 행동으로 옮기기 위해 개개비를 찾
고 있습니다.

개개비

개개비

꼬까참새 말대로
개개비는 강가에 있었습니다.
뭘 찾아다니는지
분주하게 움직이고 있는 개개비를
먼발치서 바라보는
잠자리의 마음은
그야말로 만감이 교차합니다.

"빨리 도망가! 개개빈 보는 즉시 널 잡아먹을 거야."

개나리나무가 말했습니다.

"잠깐만 피하면 돼, 푸른잠자리야. 저 앤 곧 떠날 거란 말이야."

피하지 않는 잠자리가 안타까운지 다시 다급한 소리로 개나리나무가 재촉합니다.

"피할 필요 없어. 난 스스로 개개빌 찾아왔는 걸 뭐."

"개개빌 찾아왔다고?"

"응."

"너 정신 있는 거니? 개개빈 지금 양식이 떨어져 굶주린 상태야. 이것저것 가리지 않고 닥치는 대로 주워 먹고 있단 말이야. 그런데 널 발견해 봐. 순식간에 넌 개개비 뱃속으로 들어가고 말 거야."

푸른잠자리는 참 잘 되었다고 생각합니다. 잘하면 개개비의 뱃속에서 꽃씨를 만날 수도 있겠구나 하는 희망을 걸어 봅니다.

"푸른잠자리야, 안 돼! 빨리 숨으란 말이야. 빨리!"

만류하는 개나리나무의 고함소리를 뒤로 한 채 잠자리는 개개비가 한눈에 볼 수 있는 나뭇가지 위로 날아가 앉

습니다.

"이것 봐라? 아직도 살아 있는 잠자리가 있네?"

뜻밖에 출현한 먹이에 기뻐하는 개개비의 목소리가 주위를 흔들어놓습니다. 갑작스런 상황에 놀란 강물이 흐름을 멈추고 원을 그립니다.

"맛있는 잠자리야. 꼼짝 말고 거기 있거라!"

마치 반가운 친구를 만난 듯 손뼉을 치며 개개비는 순식간에 날아옵니다. 꼬까참새의 말처럼 정말 무스를 바르고 머리털을 바짝 치켜세운 새입니다. 갈색 날개를 활짝 펴고 날아오는 개개비를 보는 순간, 푸른잠자리는 본능적인 공포에 하얗게 질리고 맙니다.

불현듯 지금까지 자신이 잡아먹은 벌레들의 모습이 눈앞을 스치고 지나갑니다. 그들도 아마 이런 공포를 느꼈을 것입니다.

그들에게 미안하다는 생각을 하는 것도 순간.

탄환처럼 날아온 갈색 날개가 어느새 눈앞의 공간을 덮어 버립니다. 커다랗게 벌린 개개비의 부리 속은 막 빨갛게 불을 토해 내는 지옥 같습니다.

"그래. 날 잡아먹고 힘을 내 남쪽으로 가거라!"

잠자리는 질끈 눈을 감고 맙니다. 감긴 눈 속에서 필사적으로 한 번 오렌지코스모스의 얼굴을 떠올려봅니다. 그녀를 생각하기만 해도 행복하던 시절이 바람처럼 지나갔습니다.

─어쩌면 오렌지코스모스를 닮은 꽃의 거름이 될 수도 있다!

푸른잠자리가 마지막으로 한 생각은 그것이었습니다. 아름다운 꽃을 피우고 싶다는 열망이 잠자리의 작은 가슴을 숨가쁘게 채워버립니다. 푸른잠자리는 지금 꽃을 피우고 싶다는 꿈같은 열망에 사로잡힌 것입니다.

꽃씨와 함께 새똥에 섞여 흙 속에 묻히겠다는 생각.

어둡고 축축한 땅 속에 묻혀 제철을 기다리는 꽃씨의 거름이 되겠다는 생각.

"오렌지 꽃을 피우고 싶다!"

온몸으로 소리 지르는 잠자리의 절규가 꽃처럼 허공에 두둥실 피어오릅니다.

"오렌지 꽃을 피우고 싶다! 오렌지 꽃을 피우고 싶다!"

나뭇가지에 부딪친 절규는 물결치며 강의 얼굴에 작은 주름을 그려놓습니다. 채 메아리가 사라지기도 전에 낚아 채이고 만 푸른잠자리의 허리는 대번에 두 동강이 나 개개비의 부리 속으로 들어가고 맙니다. 순간적으로 모든 것이 끝난 것입니다. 삶과 죽음의 경계란 그렇듯 쉽게 무너질 수 있는 금 하나의 차이인가 봅니다.

동그란 헬멧을 닮은 머리통이 바지직거리며 개개비 입 속으로 들어가는 찰나, 푸른잠자리의 영혼은 훨훨 낡은 육체를 벗어버립니다. 텅 빈 하늘 한쪽으로 실낱같은 연기가 자유를 얻은 수인처럼 슬몃 구름을 헤치고 날아갑니다.

새의 뱃속으로 들어간 잠자리 몸은 먼저 와 있는 꽃씨들과 만납니다. 오랜만에 잠자리 한 마리를 삼킨 개개비는 이제 힘을 내 먼길을 갈 수 있습니다. 움켜쥐고 있던 나뭇가지를 놓아버리며 횡하니, 강의 반대쪽을 향해 날아가는 새의 날갯짓에 힘이 실립니다.

불쌍한 음악을 들으면
왜 눈물이 나와?

불쌍한 음악을 들으면
왜 눈물이 나와?

"아빠, 새똥이 떨어졌어."

하늘을 바라보고 있던 찬별이가

갑자기 수화를 보냅니다.

"새똥?"

고개를 든 시인이 아이를 쳐다봅니다.

기차를 타기 위해 역 쪽으로 걸어가던 두 사람입니다.

"저기 저 새가 그랬어."

새 한 마리가 새로 들어선 골프 연습장 쪽으로

날아가고 있습니다.

그물 속에는 동그랗고 하얀 공들이 바쁘게 날아다니고 있습니다. 친구인 줄 알고 다가갔던 새들은 그물에 부딪치는 공을 보고 깜짝 놀라 달아납니다.

"아빠, 푸른잠자리가 죽었어요."

골프장 건너 단풍나무가 서 있던 언덕을 향해 달려가며 아이가 수화로 말합니다.

"뭐?"

"그렇지만 영원히 사라진 건 아니야."

쪼그리고 앉은 아이는 바닥의 흙을 파냅니다.

"새똥을 파묻는 거야. 내년에 꽃이 피도록. 똥 속에 꽃씨가 들어 있을 테니까."

흙 묻은 손가락을 움직이는 찬별이의 얼굴에 잔잔한 미소가 비칩니다.

"꽃이 피면 엄마가 돌아올 거야."

"찬별아, 그렇지만 우린 지금……."

"지금 뭐, 아빠?"

"말했잖아. 아빤 곧 기차를……."

채 말을 끝내지 못한 시인이 얼른 하늘을 쳐다봅니다. 눈물이 나올 것 같기 때문입니다. 아빠, 어른이 울면 안 돼! 시

인의 눈물을 보면 찬별인 분명 그렇게 수화를 할 것입니다.

"웅? 갑자기 노랫소리가 들리는데 아빠?"

새똥을 다 파묻은 아이가 얼른 철길 쪽을 봅니다. 어디서 딸랑거리는 소리를 내며 건널목이 또 노래를 하고 있는지도 모를 일입니다.

"잘 들어봐 아빠."

시인의 손을 끌어당기며 아이가 먼저 바닥에 엎드립니다. 새처럼 작은 찬별이의 가슴이 콩닥거리며 뛰는 것을 시인은 느낍니다.

"노랫소리가 들리지, 아빠? 엄마가 부르는 자장가 소리 말이야. 새근거리며 잠자고 있는 꽃씨들이 다 깨겠어. 엄만 항상 너무 크게 노랠 부르거든. 땅 속의 실핏줄들이 서로서로 손잡고 소릴 전해 주잖아. 자전거 바퀴 구르는 소리, 꽃들이 힘겹게 물 긷는 소리, 사람들의 텅 빈 마음이 바람소릴 내는 것도 들려. 곧 기차가 꽥, 하는 소리를 지르며 나타날 거야. 우린 그때 손을 흔들면 돼."

부지런히 움직이는 아이의 손을 보며 시인은 가만히 한숨을 내쉽니다. 슬픈 생각 위로 얹혀 오는 답답한 마음을 시인은 아무도 모르게 털어내야 합니다.

"불쌍한 음악을 들으면 왜 눈물이 나와 아빠?"

동그란 눈을 더 동그랗게 뜨며 아이의 두 눈이 시인을 쳐다봅니다.

"불쌍한 음악?"

시인의 눈 속으로 아이는 이제 대롱거리는 물방울 하나로 맺혀옵니다. 눈을 감으면 굴러 떨어질지 모르는 작은 물방울. 영롱한 그 물방울이 떨어지지 않도록 시인은 고개를 젖혀 하늘을 봅니다.

불쌍한 음악을 들으면 왜 눈물이 나오냐구?

왜 그렇지?

왜?

왜 눈물이?

왜?

왜?

……

하늘에다 대고 시인은 힘껏 소리를 질러봅니다. 그러나 그 소리는 누구 귀에도 들리지 않는 것입니다. 하늘이 아니라 사실은 자신의 가슴에다 대고 지르는 소리이기 때문입니다.

"엄만 기차를 타고 올 거야. 역에서 내리면 집까진 걸어서 올 거야."

답답한 아빠 마음을 아는지 모르는지 찬별인 여전히 엄마 생각만 하고 있습니다.

"걸어서 온다고? 엄마가?"

"응. 엄만 어른이니까. 혼자서도 집을 잘 찾을 수 있으니까."

"그, 그렇지만 찬별아. 우린, 우린……."

시인은 지금 당황하고 있습니다. 간밤에 들려준 이야기를 기억하지 못하는 양 아이가 자꾸 엉뚱한 소리를 하고 있기 때문입니다.

"찬별아, 찬별인 정말 고모 집에서 살 수 있지?"

"응."

"정말이지? 울지 않고 있을 수 있지?"

"응."

시인은 속으로 눈물을 삼킵니다. 이제 아이를 두고 먼길을 떠나야 하는 것입니다.

"그래, 찬별인 정말 착하구나. 우리 찬별이, 아빠가 돈 벌

어와서 뭘 해줄까? 뭐가 제일 하고 싶지?"

"제일 하고 싶은 것?"

"그래. 말해 봐. 아빠가 꼭 해줄게. 말해 봐."

슬퍼지지 않으려 시인이 애씁니다. 돈을 벌면 찬별이에게 정말 해주지 못했던 것을 다 해주고 싶습니다.

"난……."

잠깐 머뭇거리는 아이의 시선에 새싹 같은 설렘이 묻어납니다.

"학교에 가고 싶어요 아빠. 다시 학교에 가고 싶어요."

그 순간 시인의 가슴이 쿵, 하며 뭔가 무너지는 소리를 냅니다. 아빠가 직장을 잃는 바람에 찬별인 학교까지 쉬어야 했던 것입니다.

"멈추세요! 멈추세요!"

기차역을 향해 걸어가는 시인과 찬별
이 등뒤에서 갑자기 고함소리가 들려
왔습니다.

"위험해요, 위험해! 곧 기차가 와요!"

소리의 임자는 자전거를 타고 있는 소년이었습니다.

소년의 고함소리를 들은 청년 하나가 우뚝, 건널목 앞에 멈추어섭니다. 고장이 났는지 들려야 할 건널목의 신호소리가 들려오질 않습니다.

"그랬군요. 그래서 차단기가 내려오는 걸 몰랐군요."

소년의 엄마인지 뒤에 서 있던 여자 하나가 고개를 끄덕이며 청년을 바라봅니다. 여자의 시선은 지금 청년이 쥐고 있는 하얀 지팡이에 머물고 있습니다. 검은 안경을 낀 채 우두커니 서 있는 청년은 땅 위로 드리워진 그림자처럼 기운이 없습니다.

"고맙다. 참 친절한 아이구나."

이윽고 사태를 파악한 청년이 아이를 향해 고맙다는 인사를 합니다.

"목소릴 들으니 초등학생 같네."

"예, 4학년이에요."

"착한 아이구나. 나도 너만 했을 땐 앞을 볼 수 있었는데……."

더듬거리며 소년의 손을 잡는 청년의 목소리가 가늘게 떨립니다.

"저만 했을 땐 앞을 봤다고요?"

"그래."

눈을 깜박거리며 소년이 다시 청년을 봅니다.

몰랐던 사실을 새롭게 알았다는 듯 소년의 고개가 끄덕이고 있습니다.

"그럼 기차를 본 적도 있겠네요?"

"물론이지. 기차가 어떻게 생겼는지 아직도 생생히 기억하고 있어."

"기차말고는요? 기차말고 또 기억하는 게 있나요?"

금세 아이다운 호기심이 발동한 소년이 연거푸 질문을 던집니다.

"글쎄, 기억나는 건 많지. 보고 싶은 것도 많고, 찾아가고 싶은 곳도 많아. 시력을 잃기 전엔 나도 꽤나 호기심이 많았으니까. 시력을 잃게 되면 넌 뭐가 가장 보고 싶을 거라고 생각하니?"

청년의 목소리에 가벼운 물기가 묻어 있습니다. 기차는 아직 얼굴을 드러내지 않고, 청년이 하는 이야기에 귀 기울이며 소년의 엄마가 한 걸음 앞쪽으로 다가옵니다.

"하늘이요. 푸른 하늘이 보고 싶을 것 같아요."

"하늘?"

"예, 형은요? 형은 어땠어요?"

청년의 목소리에 묻은 물기가 주위를 적셔
놓습니다. 공해에 상처 입은 가을 하늘이 찌
푸린 얼굴로 세상을 내려다보고, 뭔가 결
심한 바를 밝히기라도 하듯 청년의 목소리
에 힘이 들어갑니다.

"엄마였어."

"예?"

소년의 엄마가 고개를 들어 청년을 바라봅니다. 기차가
저만큼 모퉁이를 돌아오는지 소리의 입자들이 분주하게 움
직이고 있습니다.

"엄마였어. 가장 보고 싶었던 건 엄마 얼굴이었어."

"엄마 얼굴이요?"

"그래, 엄마 얼굴."

소년에 앞서 소년의 엄마가 갑자기 주르르 눈물을 흘립니
다. 그러나 청년은 가벼운 표정으로 이야기를 계속합니다.

"엄마가 보고 싶을 땐 잠을 청하곤 해."

"왜요?"

"꿈을 꾸면 엄말 볼 수 있으니까. 그래서 엄마가 보고 싶
을 땐 수면제를 먹고 잠을 청하곤 했어. 꿈속에선 앞을 볼

수 있으니까."

몰랐던 사실을 알았다는 듯 소년이 끄덕끄덕 고개를 끄덕입니다. 주근깨 같은 호기심이 소년의 얼굴 위로 톡톡, 박히고 있습니다.

"그러니까 꿈에서 엄마를 만나는 거군요?"

"그렇지. 꿈속에선 나도 세상을 다 볼 수 있거든."

정말 눈앞에 뭔가 보이기라도 하듯 청년이 아득히 하늘을 올려다봅니다.

"그럼 꿈에서 깨면 아무것도 안 보이나요?"

"아무것도 안 보여. 그래서 나 같은 사람한텐 꿈에서 깬다는 게 절망이야."

"절망이요?"

청년의 말을 반문하며 소년이 물끄러미 청년을 쳐다봅니다. 소년은 아직 절망이란 단어를 사용해 본 적이 없습니다.

"그래, 절망. 그렇지만 이젠 괜찮아. 생각을 바꿨기 때문이야. 희망이니 절망이니 하는 것들도 다 생각하는 방식에서 비롯되는 거니까. 지금 우리가 이렇게 손잡고 있는 것처럼 희망과 절망도 사실은 손잡고 있을 때가 많거든. 그것들도 원래 친구 사이니까. 커서 절망을 만나더라도 넌 결코 멀

지 않은 곳에 희망이 있다는 사실을
잊지 말았으면 좋겠구나."

　자신을 도와준 아이가 고마워 청
년이 다시 한 번 소년의 손을 움켜쥡니
다. 청년의 검은 안경 속으로 이제 기차가 오고 있습니다.

　－기차가 온다. 기차가 온다.

　땅 속에서 손잡고 있던 나무의 뿌리들이 외치는 소리가
들립니다. 그 소리는 물론 가슴을 땅에 붙이고 귀 대어본 사
람들만이 들을 수 있는 소리입니다.

　꽃이 힘겹게 물길어 올리는 소리, 땅 속을 뛰어가는 지하
수 소리, 떨어지는 낙엽이 대지와 만나는 소리……

　그것들도 모두 바닥에 엎드려본 사람들만이 들을 수 있는
소리입니다.

　청년의 머리카락을 흩날려놓으며 기차가 휭, 바람을 가르
며 지나갑니다. 그제야 기차 지나가는 기미를 알아차린 건
널목이 땡그랑땡그랑 노래를 부르고 있습니다. 그러나 고
장난 건널목만 나무랄 일은 아닙니다. 살아갈수록 그리워
지는 어머니 얼굴처럼 지나가고 난 뒤에야 알아차리는 것
들이 우리 삶엔 너무 많습니다.

찬별이의 손을 놓은 시인이 기차에 오릅니다. 고모 손에 잡힌 찬별인 입을 꼭 다문 채 그런 아빠를 지켜만 보고 있습니다.

"찬별아, 잘 있어. 고모 말 잘 듣고. 아빠가 편지할게."

차창 밖으로 손 내민 시인이 수화로 이별의 인사를 합니다. 승객을 다 태운 기차는 천천히 플랫폼을 빠져나가기 시작합니다. 고모 손을 쥐고 있는 찬별이 머리카락이 기차가 버리고 가는 바람에 날려 헝클어지고 있습니다.

그때였습니다.

"아, 악!"

누가 지른 고함소리가 비단처럼 찢어지며 허공을 가릅니다. 소리에 깜짝 놀란 고모가 넘어질 듯 휘청거리며 허둥댑니다.

"압빠!"

아이가 지른 절규가 기차를 쫓아 총알처럼 레일 위를 날아갑니다.

"아빠! 아빠!"

뜻밖에 그건 찬별이 입에서 터져나온 소리였습니다. 찬별이가 소리를 지른 겁니다. 수화가 아닌 생생한 목소리. 놀란 고모가 붙잡을 새도 없이 아이는 소리소리 지르며 달려갑니다.

"아, 아니 찬별아! 찬별아!"

아이의 손을 놓친 고모 역시 소릴 지르며 쫓아갑니다. 갑자기 아이의 말문이 트인 것입니다. 찢어지는 아이의 소리에 놀라 걸음 멈춘 역무원이 달려가는 두 사람을 지켜보고 있습니다.

"가지 마, 아빠! 가지 마! 나랑 같이 살아. 아빠! 아빠!"

찬별인 이제 울부짖는 소릴 내며 달려갑니다. 뛰어오는 찬별일 본 시인도 미친 듯 손을 흔듭니다. 기차소리 때문에 시인은 찬별이가 지르는 소리를 듣지 못합니다.

쩩, 하는 소리를 지르며 기차가 속력을 붙입니다. 아이 소리는 이제 기차소리에 묻혀 힘을 잃습니다. 네모난 창을 덜커덩거리며 기차는 다음 역을 향해 달려갈 뿐입니다. 작은 묘목처럼 보이던 아이는 이내 앉은뱅이꽃 크기로, 마침내 작은 점처럼 줄어들다가 이윽고 사라지고 맙니다. 손 흔들기를 포기한 시인은 털썩 자리에 주저앉고 맙니다.

―불쌍한 음악을 들으면 왜 눈물이 나와, 아빠?

정신을 차린 시인이 노트를 꺼내 아이가 하던 말을 적기 시작합니다.

―사각사각사각, 사각사각사각.

눈길을 걷는 발자국 소리처럼 시인의 몽당연필이 먼길을 갑니다.

눈앞을 지나간 기차가 종착역에 닿듯 이제 이 이야기도 종착역에 다다를 때가 되었습니다. 가을 또한 마지막에 이르면 서리가 내릴 것입니다. 머리 가득 하얗게 서리를 이고 또 사과나무는 다가오는 추위를 견디기 위해 겨울옷을 꺼내 입겠지요. 이상한 일이지만 나무들은 여름엔 옷을 꺼내 입고 겨울엔 되려 입고 있던 옷을 벗어버립니다.

그렇지만 모든 일엔 예외가 있습니다. 영하의 기온을 견뎌내는 젊은 나무와 달리 추위가 두려워 겨울옷을 껴입는 늙은 사과나무를 단지 이치에 맞지 않는다고 나무랄 수만은 없는 노릇입니다.

수많은 예외가 세상을 움직여갑니다. 그리고 그 예외 속에서 수많은 생명들이 순환합니다.

새로 난 것들이 사라지고, 사라진 것들은 또 제 계절이 오면 환하게 세상을 밝히며 솟아날 것입니다.

한 자리에 영원히 머무를 수 있는 것은 아무것도 없습니다. 영원히 우리 가슴을 아프게 할 수 있는 것도 아무것도 없습니다.

신촌을 떠난 경의선 열차가 문산에 이르기 전, 혹 백마에 내릴 기회가 있으면 찾아보십시오. 땅바닥에 귀를 대고 엄마를 기다리고 있을 한 아이가 없는지, 아기의 손바닥 같은 단풍잎들이 흔들리고 있는 그 언저리 어딘가 꽃 피우기 위해 물 긷고 있는 작은 생명이 없는지 말입니다.

어느 시인 이야기

초판 1쇄 | 2003년 5월 9일
초판 2쇄 | 2003년 6월 1일
지은이 | 김재진
펴낸이 | 김영재
펴낸곳 | 책만드는집

주소 | 서울 마포구 합정동 449-7 인옥빌딩 202호 (121-888)
전화 | 3142-1585 · 6
팩시밀리 | 336-8908
E-mail | chaekjip@chol.com
등록 | 1994. 1. 13. 제10-927호
ⓒ 김재진, 2003

ISBN 89 · 7944 · 165 · 7 (03810)